O Mistério
de Foz Côa

António Avelar de Pinho • Pedro de Freitas Branco

O Mistério de Foz Côa

Ilustrações de João Mendonça

EDITORIAL
PRESENÇA

FOR
PQ9698
.26
.I496
M58
1997x

Ficha Técnica

Título: O Mistério de Foz Côa

Autores: António Avelar de Pinho e Pedro de Freitas Branco

Copyright © António Avelar de Pinho, Pedro de Freitas Branco e

Editorial Presença, Lisboa, 1997

Capa: Ilustração de João Mendonça, arranjo gráfico de

Fernando Felgueiras

Fotolitos: Multitipo — Artes Gráficas, Lda.

Impressão e Acabamento: Guide — Artes Gráficas

1ª edição, Lisboa, Março 1997

Depósito legal n.º 108 045/97

Dedicamos este livro a
João Zilhão, Helena Moura, Manuel
Almeida, João Félix, Delfina Bazaréu e
Dalila Correia, bem como a toda a res-
tante equipa do Parque Arqueológico
do Vale do Côa.
A todos, sem excepção, agradecemos a
amabilidade com que nos receberam,
a disponibilidade que nos emprestaram
e a amizade com que aceitaram ser
cúmplices da nossa loucura.

Uma dedicatória ainda (uma vez mais) ao
amigo João "a malta estima-se" Lamas;
as sábias e reconfortantes ensaboadelas
filosóficas que nos deu, muito nos aju-
daram a entender o que não se entende.

António e Pedro

*"Os domínios do mistério prometem as mais
belas experiências"*

Albert Einstein

Os Super 4

Em menos de um fósforo a 1.ª aventura de **Os Super 4** chegou e venceu.

Enquanto o fósforo ardia novas aventuras chegaram e venceram.

E é assim que uma interminável série de aventuras de **Os Super 4** irá chegar e vencer.

É uma colecção de inesperadas e intemporais aventuras recheadas de acção, perigo, romance e humor, onde 4 heróis irão pelos 4 cantos do mundo, desvendando os mais incríveis mistérios.

Com **Os Super 4**, o espírito da aventura nunca foi tão longe.

São eles:

A **Raquel Bessa** — que tudo escreve e descreve com uma precisão e uma imaginação notáveis;

O seu primo **Simão Mateus** — que tudo arquiva no seu computador BigMac com uma argúcia e uma minúcia dignas do melhor detective;

O seu irmão Baltazar Bessa (**Baltas**) — o grande gozão com grande espírito de observação, que vive permanentemente mergulhado num mundo de fantasia;

O chimpanzé **Chico Banzé** — o inseparável companheiro com uma inteligência e uma irreverência «macacas».

E ainda:

O amigo **Zé Cateto** — o adulto de espírito juvenil, cúmplice fiel dos nossos heróis, que está sempre presente quando é preciso.

ÍNDICE

Prefácio 13

1 Perdido Num Mundo Hostil 15

2 A Coincidência 25

3 A Teoria do Desconhecido 39

4 Ribeira de Piscos 53

5 Canada do Inferno 65

6 Um Estranho Desenho 75

7 O Colar 91

8 Apagados 103

9 Os Segredos da Homni 115

10 Pânico no Ar 129

11 Mundos Paralelos 139

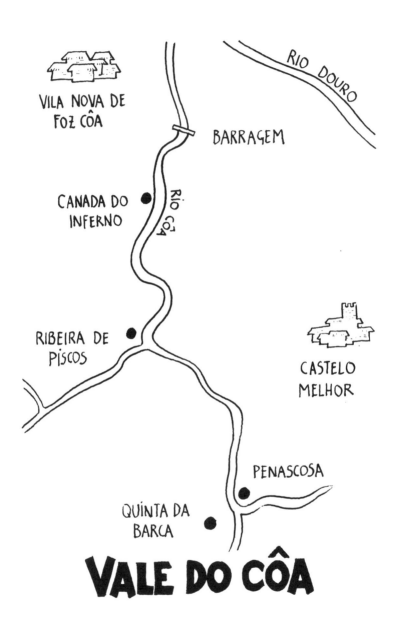

RIO DOURO

VILA NOVA DE
FOZ CÔA

BARRAGEM

CANADA DO
INFERNO

RIO CÔA

RIBEIRA DE
PÍSCOS

CASTELO
MELHOR

PENASCOSA

QUINTA DA
BARCA

VALE DO CÔA

Prefácio

Ao longo dos últimos séculos, o mundo tem vindo a ser desbravado por gerações sucessivas de cientistas. Continen-tes, ilhas, mares, profundezas da terra, fossas abissais e, nas últimas décadas, o próprio espaço exterior, foram-se-nos tornando cada vez mais conhecidos e familiares. Mas há uma última fronteira que continua a desafiar os nossos esforços: a fronteira do passado, a decifração do mistério das nossas origens.

As pistas para a sua solução, porém, não estão longe, na maior parte dos casos, a sua busca não exige expedições demoradas ou arriscadas. Encontramo-las por todo o lado, à nossa volta, sob a forma dos vestígios mais diversos, às vezes sem interesse aparente — ruínas, ossos, cacos, ferramentas partidas, desperdícios e, excepcionalmente, imagens pintadas ou gravadas na pedra. É um mundo paralelo que existe realmente. Penetrar nele é uma aventura que exige algum equipamento, por vezes sofisticado, mas onde a mais imprescindível das ferramentas é comum a todos nós: a curiosidade insaciável que levou os Super 4 a tentar desvendar o Mistério de Foz Côa.

João Zilhão

1
Perdido num mundo hostil

```
HomniCod5
27.5.1856... VALE DE NEANDER...
ALEMANHA...
ARQUEÓLOGO ROLF SAMMER DESAPARE-
CE MISTERIOSAMENTE ENQUANTO PROCE-
DE A ESCAVAÇÕES NUMA GRUTA... TOTAL
AUSÊNCIA DE DADOS QUE POSSAM EXPLI-
CAR A OCORRÊNCIA.
```

Esta aventura tem início em Castelo Melhor, pequena e simpática terra transmontana implantada entre os vales do Côa e do Douro.

Dois caçadores oriundos de Braga tinham chegado à aldeia na noite anterior e haviam-se instalado na casa de uma velha aldeã, como já era hábito fazerem há vários anos.

São agora cinco da manhã de um dia de Agosto que chega ao fim. Pelo calor que a esta hora se faz sentir, adivinha-se uma jornada abrasadora. Terras de extremos, estas, que no Inverno gelam e no Estio queimam. Os caçadores ultimam os preparativos para mais uma caçada. Têm um tipo castiço e engraçado: bigodes farfalhudos e barrigas avantajadas; bonés e casacos de camuflado; e cartucheiras bem cheias.

Quando finalmente já tudo está arrumado na carrinha, cesta de comes e bebes, espingardas e munições, os cães irrequietam-se, como se farejassem caça ali perto. Os primeiros sinais de sol aparecem, mais além, a clarear o dorso escuro dos montes, que dentro em breve eles irão subir, para logo depois descerem em direcção à linha de água do Côa.

Às cinco e dez, accionada a chave da ignição, o barulho rouco e inseguro do motor a gasóleo ameaçou agitar a quietude da povoação ainda adormecida sob a ilusória protecção do castelo maltratado pelo tempo. Primeira velocidade e a carrinha iniciou a penosa viagem através de estreitos atalhos de terra batida, empedrada de forma irregular com pedaços toscos de xisto.

Os dois caçadores seguiram em silêncio a maior parte do trajecto. Era cedo e restos de sono agarravam-se teimosamente a eles. O que ia a conduzir levava toda a sua atenção pregada aos caminhos em frente, um tudo nada arriscados, a exigirem redobrada perícia. O outro, após bocejar ruidosamente, esfregar os olhos e acender um cigarro, ligou o rádio do carro, como a querer afugentar a sorna da matina. Numa estação local uma canção popular a atirar para o piroso deu-lhes os bons dias. Irresistível, sem dúvida, a melodia, pois os caçadores, caçados por ela, lá se puseram a trauteá-la, desafinados pela falta de jeito e pelos saltos constantes do veículo.

A dada altura quase foram obrigados a parar. Um rebanho de cabras, guiado por um pastor de idade e alguns cães, seguia pachorrentamente pelo mesmo caminho. Caminho de cabras, costuma dizer-se quando a estrada é má. Os cães pastores ladraram-lhes às janelas da carrinha, e os de caça retribuíram.

Mais à frente, à direita, as profundezas do vale revelaram-se na sua soberba plenitude. Ali, os cabeços arredondados descem sobre o rio, salpicados de oliveiras e amendoeiras.

Do outro lado do caminho, a natureza exibe as suas artes de escultora, moldando no xisto as mais estranhas e admiráveis formas. Lá no fundo, na garganta do vale, vai o rio Côa a correr para a foz, poucos quilómetros a norte, onde as suas águas se casam com as do Douro. É uma mistura doce, a que se colhe nestes lugares longínquos; agrestes, sim, mas onde um sentimento mágico de repouso nos inunda.

Então, a íngreme descida sacudiu com violência a carrinha. Esta avançou aos safanões, ameaçando desconjuntar-se. Os cães agitaram-se de novo. Um deles latiu.

— Calma, Bolama — ouviu dizer-lhe o dono, que interrompera por um breve instante a cantoria.

— A suspensão ainda dá o badagaio — rosnou o condutor, refreando a velocidade.

O outro não lhe deu troco, voltara a embrenhar-se no refrão.

A viagem tardou uma meia hora bem medida. Chegaram por fim ao destino estabelecido: a praia fluvial da Penascosa, que no inverno não passa de uma faixa lamacenta e agora era um ameno areal.

— Que tal um bagacinho para abrir as hostilidades? — desafiou o condutor, pouco depois, já de garrafa na mão encostado à carrinha.

— Chega-lhe! — exclamou o outro, de olhos esbugalhados, enquanto se espreguiçava.

Os cães saltaram, alegres, areia fora. De seguida, desataram numa correria desenfreada por entre o mato rasteiro que rompe as escarpas xistosas. Afastaram-se a perder de vista. Os homens chamaram.

— Bissau!

— Bolama!

Fiéis, correram ao chamado e voltaram a juntar-se aos donos, para logo se afastarem de novo, sempre impacientes. Entretanto, enquanto desentorpeciam as pernas, os caçadores acertaram as tácticas para a caçada que se avizinhava. Tinham esperança de levar uns bons patos para casa. Foi então que os cães ladraram mais forte, um ladrar que os donos viram logo já não ser de brincadeira. Encontravam-se a uns cinquenta metros, farejando qualquer coisa no chão, mesmo ao pé da água. Correram até lá e deparou-se--lhes com a areia toda removida de fresco. Havia manchas de sangue em redor e algumas marcas que um dos caçadores reconheceu.

— Javali. Se calhar caçaram um.

— Mas é proibido.

— Há tanta coisa proibida... — e encolheu os ombros.

— E não foi há muito tempo. — Baixou-se para ver melhor. — O sangue ainda está fresco.

— Olha! — O outro afastara-se um pouco. — Anda aqui ver isto!

— É pá, são pegadas de homem. E recentes.

— Pois é, e descalço, o que é mais esquisito.

— Mas que raio de coisa.

Olharam em redor e não viram ninguém. As pegadas seguiam ao longo do areal, afastando-se do rio, e terminavam numa vedação de arame que delimita uma área protegida. A própria vedação tem uma porta fechada a cadeado. Ao lado desta, uma placa onde se pode ler: PARQUE ARQUEOLÓGICO DO VALE DO CÔA (PAVC).

— Mas quem será o gajo?

— Seja ele quem for saltou para o outro lado.

Ele estivera a observá-los à distância. Logo que ouvira o ruído do motor aproximando-se, mal teve tempo de saltar a vedação para se esconder atrás de um conjunto de grandes rochas de xisto situadas a uma altura de uns dez metros. A fome obrigara-o a caçar um javali que tinha ido beber ao rio e chafurdara em seguida na areia molhada. E o barulho estranho é que o fizera acautelar-se com receio do desconhecido. Sem fazer o mínimo ruído, o menor movimento que pudesse denunciar a sua presença, ficou a vê-los, caçadores e cães. Analisara todos os seus movimentos. Sentiu o perigo quando eles se acercaram da vedação. Instintivamente, apertou com mais força a lança que trazia e ficou, expectante, a ouvi--los falar. Depois os caçadores voltaram para a carrinha. Àquela hora em que o silêncio é ainda único dono e senhor do dia, foi fácil ouvi-los. Reparou que os cães continuavam a farejar junto do arame. Pressentiriam a sua presença? Até que, respondendo ao chamamento dos donos, voltaram a juntar-se-lhes .

Ele aproveitou esse momento para mudar de esconderijo. Fê-lo e foi apenas uma sombra rápida e ágil. Deslocou-se em silêncio como se fosse um índio. Já neste novo poiso, viu-os pegar nas espingardas e voltou a ter medo. Hesitou. Não sabia o que fazer. Olhou para trás. A encosta subia, cada vez mais íngreme, e não vislumbrou qualquer outro refúgio seguro para onde pudesse fugir. O coração quis saltar-lhe do peito.

Sentiu-se de novo perdido e indefeso neste mundo hostil a que viera parar. E continuava sem entender como se havia perdido. De novo tentou andar para trás no tempo e rever todos os passos até chegar ali, mas foi então que os caçadores se foram esconder numa moita perto da água, onde ficaram à espreita sem esboçar um movimento. E a sua atenção centrou-se apenas neles.

Um pato vindo do lado da foz surgiu em voo rasante sobre o leito do rio. Um dos caçadores fez pontaria e disparou. O tiro de caçadeira rasgou o silêncio da madrugada e repetiu-se, menos forte, na outra margem. O pato grasnou, mudou de direcção e voou mais alto. O segundo tiro não falhou o alvo. A ave deu uma pirueta, ainda bateu as asas de forma descontrolada num último esforço de vida, mas acabou por cair do outro lado da vedação, relativamente perto do sítio onde *ele* se tinha escondido.

Os cães ficaram a latir, descontrolados, junto à vedação de arame que os impedia de avançar e cumprir a missão para que estavam treinados. A um assobio dos donos, acalmaram-se.

— Estamos feitos. E agora?

— Um de nós tem de lá ir.

— Não me estás a ver a mim, pois não?

— Qual é o problema?

— Vai lá tu que és mais novo.

— E depois?

— Nunca ouviste dizer que a antiguidade é um posto?

— Pronto, vou lá eu — e poisou a arma. — Vences-me sempre com essa.

— O melhor é levares a caçadeira.

— Não me faças rir. Para ir buscar um pato?

— Ainda encontras o maluco que anda pr'aí descalço — brincou o companheiro, gozão.

— Já tou a tremer de medo.

E riram os dois.

Ele observou o caçador saltando com dificuldade a vedação, e, logo após, o outro passar-lhe a arma. Viu-o subir na sua direcção, passo pesado e agarrando-se o melhor que podia aos arbustos. Agora era impossível fugir dali sem ser visto. Ameaçado, sentiu a crispação tomar-lhe conta do corpo. O caçador continuava a subir a escarpa rochosa, resfolegando com o esforço. Aproximava-se cada vez mais.

Entre eles, uns escassos vinte metros. *Ele* segurou na lança com mais força e ficou à espera, em posição de defesa atrás da rocha. Agora apenas dez metros a separá-los. Instintivamente, deu um passo atrás, pisando sem querer um galho seco. Ao ouvir o estalido, o caçador estacou e engatilhou a espingarda, continuando depois a avançar com redobrada cautela.

De súbito, deram de caras um com o outro. Por uma fracção de segundo, ambos hesitaram, sem saber o que fazer. O caçador fitou-o meio apavorado meio incrédulo. Quando reagiu ao espanto, decidiu disparar, mas antes que tivesse tido tempo para isso, *ele* desarmou-o, brandindo a lança num golpe de incrível rapidez. A espingarda foi cair longe, disparando-se sozinha ao embater no chão; o caçador, desamparado, rolou pela escarpa, indo deter-se um pouco abaixo.

Atraído pelo tiro, só aí o outro caçador tomou consciência do que estava a passar-se. Acto contínuo, um segundo tiro ecoou no vale e *ele* foi acometido de uma dor profunda. Teve a estranha sensação que este mundo hostil se tornava de súbito mais frio à sua volta. Ao mesmo tempo que a bola de fogo subindo no horizonte se apagava lentamente, lentamente...

2 A Coincidência

HomniCod17
02.03.1893... LE MOUSTIER...
FRANÇA...
DOIS ADOLESCENTES AFIRMAM TER VISTO
E ESTABELECIDO CONTACTO COM HOMINÍ-
DEO... REFERIRAM-SE A UM HOMEM PRÉ-
-HISTÓRICO QUE PARECIA FALAR VÁRIAS
LÍNGUAS.

Entretanto, em Lisboa, a quatro horas e meia de carro de Vila Nova de Foz Côa, a vida segue a sua rotina habitual. Como nas restantes cidades do litoral, aqui alheamo-nos, quantas vezes, das realidades do interior profundo, da sua beleza misteriosa, do desencanto das suas gentes. Como se vivêssemos em mundos paralelos impenetráveis entre si.

No final de mais umas férias grandes, com um novo ano escolar quase a bater à porta, continuo às voltas com o relato da nossa penúltima aventura. O Simão e o Baltas têm-me dado cabo do juízo para que eu a acabe. Confesso que a culpa do atraso é toda minha. Ninguém me obrigou a dar-lhe uma forma diferente do habitual, mas dei, pronto. E acabei por me perder na teia da intriga e demorar mais do que o previsto. Trata-se de *Skyrider* (é bem possível que venha a ter outro nome), uma história complicada que começou certo dia em Nova Iorque, onde tínhamos ido fazer um filme publicitário com o meu tio Nuno que é realizador, vocês sabem.

Sorte têm o Simão e o meu irmão Baltas. Com a desculpa esfarrapada de terem pouco jeito para a escrita, livram-se desta tarefa que a mim me cabe, que é fazer os diários das nossas aventuras e depois dar-lhes forma de livro. Coisas de rapazes, mais baldas que nós, raparigas, tão verdade como chamar-me Raquel. Ora, desculpas, afinal todos temos jeito para escrever. Podem crer, basta que se tenha o gosto de ler. E eles, o Baltas e o Simão, têm. É certo que também escrevem, mas é mais bilhetinhos às namoradas e coisas do género... Bom, mas isso é outra história.

A verdade é que me dá um grande gozo escrever as nossas aventuras, mas também não é mentira que me dá um trabalhão dos diabos. Mas isto é mesmo assim: quando se gosta do que se faz, nada mais conta. E o prazer de o fazer é bem maior que o trabalho que pode dar.

Por isso, o *Skyrider*, ou lá como se vai chamar, terá de esperar por melhores dias e mais disponibilidade da minha parte. Sabem como é connosco: atrás de uma aventura vem outra aventura, numa sucessão vertiginosa. E quando dou por mim a ordenar o relato de uma, já outra começou.

Seja como for, o que é certo é que a história que no presente livro fica relatada, como disse o Baltas, dias depois dela ter chegado ao fim: «não está escrita em lado nenhum».

Pronto, agora já está.

— Cuidado, Simão!
— Baltas, não me atrapalhes!
— Tás a perder altitude.
— Calma.
— Olha esse monte à direita!

— OK, Baltas.

— Uma capela à esquerda!

— Bem visto, co-piloto.

— Olho de Baltas não falha... Heliporto à vista!

— Já vi.

— Tens de aterrar, Simão.

— Eu sei o que tenho a fazer.

— Estás a perder combustível!

— Estou a perder é a paciência!

— Cuidado.

— Cala-te!

O helicóptero deu uma guinada para a esquerda, outra para a direita. O Simão não conseguiu estabilizar o voo. O Baltas levou as mãos à cabeça, a seguir tapou os olhos.

— Eu nem quero ver.

O Simão, imperturbável, mesmo quando o solo começou a aproximar-se perigosamente do aparelho. A velocidade de queda aumentou alucinadamente. E depois foi apenas uma sucessão de *crash, bum, bang, schlong, tchac* e de luzes acendendo e apagando no ecrã do computador.

— *Game over*! — exclamou o Baltas, desanimado. — Tu voar até nem voas mal, o pior é aterrar.

— O que é que pensas, isto não é fácil — contestou o Simão, com aquele ar emproado que vocês topam. — E olha que eu já levo trezentas horas de voo.

— Eia!

— Pronto, duzentas. — Era impossível enganar o primo; no canto superior direito do ecrã lá estavam as *200 hours*.

— Agora sou eu.

— Nem penses! Ainda nem sequer leste o manual.

— Confio na minha intuição.

— Não basta a intuição. Se bastasse toda a gente era astronauta. — Levantou-se e começou a andar em círculos no quarto, à volta da mesa do seu computador BigMac.

O Baltas, já habituado a estas tiradas de sabe-tudo do primo, encolheu os ombros e ficou à espera. E o Simão retomou a prosa.

— Isto é como na NASA. Entre milhares de candidatos só alguns são eleitos. E são poucos!

— Onde tu já vais. Isto é só um simulador de helicóptero, não é para ir à Lua.

— Não interessa. O princípio é o mesmo.

— O princípio pode ser, mas o fim não é de certeza.

— O que é que queres dizer com isso?

— Então, topa a tua aterragem. Os astronautas não se estampam como tu.

— Goza, goza. Eu estou pra ver como é que tu te safas quando chegar a tua vez.

— Deixa-te de tretas. Passa para cá os comandos e vais ver.

— Pronto. Mas vou programar-te uma viagem curta.

— Curta!? — protestou o Baltas. — Assim não dá gozo.

— Tem de ser. É o teu baptismo.

— Já sou baptizado.

— Baptismo de voo.

— Isto é canja. Aposto que até o Chico Banzé pilotava este helicóptero.

Aposto que sim. Se até já pilotou um 747 da TAP. (*) Quando observo atentamente o Chico Banzé, chego sempre à mesma conclusão: ele é mais pessoa que muitas pessoas.

(*) Ler Super4-Vol.4 *Perdidos na Amazónia*

Agora, por exemplo, estou com ele na sala de espera do veterinário. E vocês nem queiram saber a cara dele. Igualzinha à minha quando vou ao dentista.

— Atchim! — fez o Chico.

— Ai ele também espirra? — perguntou a senhora ao meu lado, com uma nervosa cadelinha yorkshire ao colo, por sinal bastante parecida com a dona, um lacinho na cabeça e tudo.

— Porquê, a sua cadela não espirra? — atirei-lhe.

— Sim, espirra, mas um macaco?

— O que é que tem um macaco?

— Não sei... Eu prefiro a minha Pituchinha.

— É um direito a que senhora tem. Eu não tenho nada contra a sua cadela.

— Pois, mas um macaco é um animal selvagem.

— São opiniões. Olhe, minha senhora, não sei se sabe, mas o chimpanzé é noventa e nove por cento igual a nós.

— Igual a mim?

— A si, a mim... Geneticamente falando, claro.

— Que disparate! As coisas que uma pessoa tem de ouvir.

Aqui o Chico começou a não achar graça à conversa, arreganhou o dente e soltou um dos seus típicos guinchos.

— Que horror! Morde?

— Se lhe fizerem mal é capaz disso. É como nós.

— Como nós? E ela a insistir, Pituchinha, a comparar-me com um macaco.

— Não se trata de comparar, é uma realidade. Somos descendentes de macacos superiores. A senhora nunca leu a *A Origem das Espécies*?

— E eu sei lá que coisa é essa!

— Mas devia saber para se conhecer melhor. É um livro de Charles Darwin.

— Charles quê?

— Esqueça.

A senhora calou-se, mas não esqueceu. Fez uma cara desconfiada. Tive a leve sensação que a maquilhagem carregada começou a derreter-se-lhe. Quando por fim reagiu, saiu-se com aquela tirada que passo a vida a ouvir.

— É isso que ensinam nas escolas, não é!? Por isso é que isto está como está. E a culpa é dos governos, trazem estas coisas lá das Áfricas.

— Coisas, ponto e vírgula — ripostei. — O Chico não é uma coisa.

— Que horror! Se já se viu, ter um macaco em casa.

— Então por que é que tem tantos? — Passei à provocação, perdendo a paciência de vez.

— Ora essa, eu não tenho macacos em casa.

— Já viu no sótão?

— No sótão? — interrogou-se a senhora, com um ar aparvalhado de quem não está a entender nada.

— Sim. O que não lhe falta é macaquinhos no sótão.

— Que pouca vergonha! Ao que isto chegou! — exclamou, levantando-se furiosa. — Uma fedelha a meter-se comigo! Tu ouviste, Pituchinha?

E acreditem ou não, a amostra de cão arreganhou o dente e ladrou para nós, em apoio da dona. Em menos de um fósforo, o Chico arrancou-lhe o laçarote da cabeça. Não contente, fez o mesmo à dona. Esta, completamente possessa, fugiu porta fora agarrada à sua Pituchinha, que chiava como chaleira ao lume. O Chico, de braços no ar, correu atrás delas, guinchando os maiores palavrões da linguagem macaca.

Eu, como é de bom-tom nestas situações, nada de me intrometer. Apenas registei o caricato episódio no arquivo do anedotário da ignorância.

Ao contrário do que se esperava, a reacção do veterinário foi bastante positiva. Até agradeceu a intervenção do Chico. Parece que aquela senhora levava a cadelinha ao consultório por tudo e por nada. Como calculam, a pobre cadela não é hipocondríaca. A dona, sim.

Mais tarde dei comigo a falar sozinha no meio da rua. Como é possível, nos dias de hoje, ainda haver pessoas como aquela? Não há dúvida, a pior das doenças é a ignorância. Fazia-lhe bem ler o livro que eu ando a ler.

A mais Bela História do Mundo conta os segredos das nossas origens. Ajuda-nos a encontrar respostas para as perguntas que todos os dias nos dão a volta à cabeça.

Donde vimos nós? Quem somos nós? Aonde vamos nós?

É um mistério e eu adoro mistérios. Procurar desvendá-los. Ser curiosa. É a curiosidade que tudo move: o Universo, a Vida, o Homem.

Pronto, perdi-me. No espaço e no tempo. Não era por esta rua que eu queria ir, e a esta hora já eu devia estar em casa do Simão. Fiquei de ir ter com ele e com o Baltas. Vão-me dar cabo do juizo.

—Taxi! — gritei. — O que é, Chico? — Chamava-me a atenção para a banca dos jornais. — Agora não temos tempo. — E puxei-o por um braço.

Nada a fazer. Como nós, humanos, teimoso até dizer chega. O taxista tinha encostado e apitava, mas o Chico, quem lhe tira aquela revista de surf tira-lhe tudo. Comprei-lha, que remédio. E foi nesse momento que os meus olhos se fixaram na primeira página d'*A Capital*.

— Isto é que são horas? — refilou o Zé, embrenhado numa grande tela, quando chegámos ao *atelier-apartamento--armazém-garagem-e sei lá mais o quê* dele. — Telefonaram há duas horas a dizer que vinham e só agora?

— Foi o trânsito — desculpei-me.

— Eu já conheço essa. Mas agora tenho mais que fazer.

— Deixa-te disso, Zé, a gente precisa de falar contigo — atacou o Simão.

—Tivessem vindo mais cedo.

— Eu bem quis vir de helicóptero — gozou o meu irmão.

— Helicóptero? Que conversa é essa?

— Esquece, Zé — intervim. — Já sabes como é o Baltas.

— Chico!!!... Essa tela é a minha. Vai pintar na tua! — vociferou.

É sempre a mesma cena. E o Zé não há meio de se habituar a viver com um chimpanzé, que além de ser um pintor abstracto de fama internacional[*], é igualmente um excelente macaco de imitação. Tudo o que o Zé pinta ele pinta também. E nada mal, ainda por cima.

— Mas afinal de contas o que é que vocês me querem? — continuou o Zé, com o seu crónico mau génio.

— Queremos-te bem — brinquei.

— Mau, mau!...

— Estás muito maldisposto — retorqui. — Ou são as pinturas que não te estão a sair?

— Vínhamos propor-te irmos aí a um sítio este fim-de-semana — desafiou o Simão.

— Este fim-de-semana não posso. Já tenho uma coisa combinada.

— Tás-te a cortar.

— Atenção às bocas, Baltas — advertiu o nosso amigo, de pincel no ar.

— Onde é que vais? — perguntei.

— Vou ter com um amigo meu que é arqueólogo e que está farto de me convidar para ir ver as gravuras rupestres de Foz Côa.

— Foz Côa!? — exclamámos em uníssono.

— Qual é a admiração?

— Vê lá tu que estávamos a pensar cravar-te para nos levares até lá — disse o Simão.

Ao que o Baltas deu a sua achega.

— Que grande coincidência!

E o Zé, como é seu hábito:

— Não há coincidências. O que é que vocês têm na manga?

— Vê com os teus próprios olhos — disse eu, passando-lhe *A Capital* e apontando a notícia.

— "Dois caçadores desapareceram misteriosamente no Vale do Côa..." — leu, fazendo a seguir uma brevíssima pausa; depois fitou-nos e encolheu os ombros. — Sim, e depois?

— Continua a ler — sugeri.

— Mas o que é que eu tenho a ver com isto?

— Não tens tu, mas temos nós! — afirmou com determinação o meu primo.

— Pronto, já vi tudo! Mas estão muito enganadinhos se pensam que me vão meter outra vez em caldeiradas. Não, nesta aventura não embarco eu.

— Acreditas em tudo o que a gente te diz — atacou o Simão, piscando-nos o olho. — A nossa aventura é outra.

— Outra? — Desconfiado.

— Sim.

— A sério, Baltas? — Menos desconfiado.

— Palavra — assegurou o Simão. — Nós queremos é ir ver as gravuras da pré-História.

— Não me estão a querer endrominar? — Ainda um niquinho desconfiado.

— Não — garanti de uma vez por todas.

Ele ficou por uns segundos a pensar. Quem nos visse de costas — a mim, ao Simão e ao Baltas — ter-nos-ia visto a fazer figas. Por fim, o Zé quebrou o silêncio.

— Bom, nesse caso, tudo bem, podem ir comigo.

— Yeeesssss!!! — exultámos de alegria.

— Mas ficam avisados, se isto é um truque para me meterem numa nova aventura...

E como nós os quatro estamos sempre sintonizados na mesma onda, interrompi-o em nome de todos.

— Nova? Esta aventura já tem milhares de anos.

3
A Teoria do Desconhecido

```
HomniCod22
14.08.1906... CHU-HU-TIEN...
CHINA...
UM SER HUMANO RECÉM-NASCIDO DO
SEXO MASCULINO COM CARACTERÍSTICAS
SIMIESCAS É ENCONTRADO AINDA COM
VIDA NA CAVERNA DA COLINA DO OSSO
DRAGÃO... A ESTRANHA CRIATURA MOR-
REU DEZ DIAS DEPOIS... FICOU POR DES-
COBRIR A SUA ORIGEM.
```

O Simão foi *democraticamente* obrigado por mim e pelo meu irmão a convencer o pai dele a emprestar-nos o Land-Rover para a viagem. Para alguma coisa servia ser filho, não é verdade? Mal de nós quando nos faltam argumentos para convencer os nossos pais de alguma coisa.

Lembro-me perfeitamente da reacção do Zé quando tivemos a ideia. Nem quis ouvir as nossas razões. Pôs aquele semblante carrancudo, mais teatro que outra coisa, nós fingimos não perceber, mas desta vez ele não parecia muito pelos ajustes.

«Não! O jipe do Nuno nem pensar!»

«Nem pensar porquê?» — desafiou um de nós, à espera de uma justificação lógica.

Como se em situações deste tipo os adultos tivessem lógica. O Zé, teimoso, fechou-se e pronto. Preferia que fôssemos na sua 4L e mais nada. Vejam bem, aquela relíquia a cair de velha.

Mas nós, que até nem somos de desistir com facilidade, mostrámo-nos inabaláveis e passámos ao ataque. Começando logo por argumentar que peças de museu como a 4L não devem andar a uso. O Zé contrapôs com o mais que gasto «pronto, já disse!» Só restou uma solução: fomos a votos.

Foi aí que o Baltas hesitou e acabou por se juntar ao Zé, usando de um argumento, se bem que engraçado, pouco consistente.

«Eu vou pela 4L. É da maneira que a levamos à época dela, a pré-História.»

«Isso é gozo?»

«A sério, Zé. A tua 4L é um fóssil valioso.»

Perante as piadas, o Zé limitou-se a fazer um sorriso amarelo e a agradecer o apoio do Baltas.

Criara-se um impasse. Dois contra dois.

Como sempre, o Chico foi chamado a desempatar. Também como sempre, o Zé tentou convencer-nos que um chimpanzé, mesmo sendo quem é, não deveria ter direito a votar. Espalhou-se. O Baltas ameaçou logo alterar a sua tendência de voto, ao que o Zé respondeu com prontas desculpas ao Chico. Como já se esperava, este votou pelo jipe do tio Nuno. Se há coisa que ele gosta é de encavalitar-se no tejadilho do Land-Rover, naqueles suportes para as bagagens, coisa que a 4L não tem.

O Zé encaixou, paciência, e submeteu-se à vontade da maioria. Foi uma vitória tangencial, mas em democracia é assim mesmo: perde-se por um voto.

Depois, quando já se preparava nova votação para decidir a hora da partida, o Zé impôs a ditadura.

«Ou partimos à hora que eu quero ou não há Foz Côa pra ninguém!»

Como já tínhamos esticado um bocado de mais a corda da paciência dele, achámos melhor aceitar.

Até me custa dizer a hora a que tivemos de acordar no sábado seguinte. Cinco da manhã. Não é gralha, leram bem. É um escândalo! Também, nem chegámos mesmo a acordar. Aquilo foi saltar da cama, entrar no jipe e, no tempo de acender um fósforo, cair outra vez ferrados no sono.

— Já chegámos? — exclamou o Baltas, acordando estremunhado ao sentir que o jipe parava.

— Não — informou o Zé. — Estamos a sair da auto-
-estrada.

E retomou a marcha, após ter pago a portagem.

— Ainda falta muito?

— Umas duas horas, Baltas, só passámos Coimbra.

— Grande seca! — exclamou o meu irmão e voltou a enroscar-se a mim, no banco de trás, perguntando ainda: — Que horas são, Zé?

— Oito.

— Só? Isto é mesmo no fim do mundo!

— Tanto também não, é em Trás-os-Montes.

— Não é nada, Zé — acordei definitivamente. — É Beira Alta.

— Isso é uma velha discussão — refilou o meu primo, olhando para trás de mapa aberto no colo. — Estive ontem a consultar um guia, e lá diz que o pessoal de Foz Côa se considera transmontano.

— Na verdade aquilo é Alto Douro — volveu o Zé. — Ou melhor, quando eu tinha a vossa idade dizia-se Província de Trás-os-Montes e Alto Douro.

— Acabem lá com isso — berrou o Baltas. — Ainda quero dormir mais um bocado.

Dito e feito. Voltou a mergulhar num sono profundo.

Mais meia hora de estrada e eu, meio estremunhada:

— Sabem com quem é que eu vinha a sonhar? Com os caçadores.

— E tu a dares-lhe, Raquel — Vi-lhe o olhar severo no espelho retrovisor. — Vocês livrem-se de se meterem nessa história.

— O que mais me intriga — continuou o meu primo, como se tivesse estado dentro do meu sonho —, é as pegadas deles misturadas com outras pegadas de um homem descalço.

— E o que é que tu pensas disso, Simão?

— Cá pra mim é mais um caso de pessoas levadas por extra-terrestres.

Foi neste momento que o meu irmão soltou um grito, como se fugisse de um pesadelo.

— Aaaaahhhh!!!!...

E logo de seguida acordou sobressaltado.

— O que foi?

— Nem queiras saber, Raquel, tava a sonhar que vinha um dinossauro atrás de nós.

— Muito dormes tu — brincou o Zé. — Pareces um urso a hibernar.

— Era um espectáculo! — continuou o meu irmão. — Estávamos todos na pré-História.

— Dinossauros, pré-História... — brincou o Zé. — Que baralhada.

— Quero lá saber. Éramos uma espécie...

— Em vias de extinção — interrompi-o.

— Cala-te. Éramos uma espécie de Flintstones e o jipe tinha rodas de pedra.

— Andas a ver muitos filmes.

— Tás a gozar, Zé? Sabes o que tu eras no meu sonho, sabes?

— Para estar com vocês, algum maluco com toda a certeza.

— Eras artista, fazias exposições de gravuras.

— O grande Zé Australocateto — trocadilhou o Simão, lembrando-se dos australopitecos de há cinco milhões de anos, o que me fez lembrar outro macaco mais recente.

— Onde é que está o Chico?

Ouvimos toc toc toc no tejadilho. A seguir tac tac no vidro traseiro. E lá estava ele a espreitar, de pernas para o ar, e a rir-se para nós e a fazer caretas.

Viajar em auto-estrada pode ser mais rápido e mais cómodo, mas é também bastante monótono. Para nós, o interesse da viagem cresceu nas velhas estradas secundárias, cheias de curvas e buracos, mas repletas de vida.

Carregal do Sal. Canas de Senhorim. Nelas. Mangualde. Celorico da Beira. Trancoso. A dos Ferreiros. Marialva. Longroiva. Foram algumas das terras por onde passámos.

Tudo novidade para nós. Para cada um destes nomes, fomos inventando histórias que lhes dessem algum sentido. É uma mania que temos sempre que viajamos.

Após muita estrada, vimos enfim numa placa a indicação de Vila Nova de Foz Côa. Faltavam apenas dez quilómetros. A nossa excitação disparou. Ainda tínhamos de ir a Torre de Moncorvo, quinze quilómetros mais além, deixar a bagagem na residencial Brasília, onde dormiríamos nessa noite. Só então, como combinado, iríamos juntar-nos ao Frederico Mancellos à sede do Parque Arqueológico do Vale do Côa. Segundo o Zé, ele encontrava-se temporariamente no Parque, a convite da direcção deste, com vista a elaborar um estudo sobre as gravuras, que iria apresentar numa conferência em Tóquio.

— Como é que é o teu amigo arqueólogo? — perguntei, já no regresso de Torre de Moncorvo.

— Como é, como?

— Se é novo, se é velho, se é simpático, essas coisas.

— Tem trinta anos.

— Só?

— O que é que tem, Simão? Lá por estudar coisas com milhares de anos não tem de ser velho. É um tipo genial. Excêntrico, mas genial.

— Excêntrico? — observou o Simão.

— Sim. O Fred tem umas teorias muito particulares sobre a evolução do homem. E isso tem-lhe trazido alguns dissabores.

— Mas porquê? — perguntei.

— Ele acha que podem ainda existir seres pré-Históricos.

— Seres humanos? — estranhei.

— Ele acredita na existência de comunidades subterrâneas e mesmo suboceânicas.

— Bestial! — O Baltas começava a interessar-se. — Já tou a gramar o teu amigo Fred.

— Tem todo o ar de ser cá dos nossos — sublinhou o meu primo.

— Os colegas dele não dizem o mesmo. Sempre que ele dá conferências, gozam que é um fartote.

— E o que é que tu achas, Zé?

— Eu não acho nada, Simão. Falem com ele.

— E ele não se chateia?

— Ele, Raquel? Não se chateiem vocês de o ouvir... — e soltou uma gargalhada sonora.

— Ele lá deve ter as suas razões. — O Simão ia pensativo e eu percebi porquê.

— Tu não me digas que acreditas que no fim do século vinte ainda há homens pré-históricos — perguntei-lhe, um pouco céptica.

— Não acredito nem deixo de acreditar. Mas pra estas coisas tenho uma teoria.

— Pronto, já cá faltava o teórico — exclamou o Zé.

E, sem lhe ligar a mínima, o Simão, solene e professoral, sintetizou a sua teoria.

— Tudo o que é desconhecido é possível.

— Nesse caso tu és impossível — gracejou o meu irmão.

— Porquê?

— Porque já te conheço. Se o desconhecido é possível, o conhecido é impossível.

— Que gracinha! — amuou o sabichão do meu primo.

— Fica sabendo que nunca nos conhecemos mesmo.

— Ah... — disse para si mesmo o Zé. — Agora filosofa-
-se.

— Eu tava a reinar — disse o Baltas. — Eu também acredito na tua teoria. É como a história do Yeti, o abominável
homem das neves.

— Onde tu já vais.

— O que é que foi, Zé, não acreditas? Então lê o *Tintin
no Tibete.*

— Pronto — rematei. — Já cá faltava o BD maníaco.

— Olhem, se calhar foi um yeti que raptou os caçadores
— delirou o meu irmão.

Não resistimos. Rimos a bom rir. Mas no fundo, tanto eu
como o Simão, sabíamos bem que nunca se deve subestimar
a intuição dele.

— Vocês são muito engraçados — comentou o Zé. —
Nunca vi nada assim. Dão-se bem à brava e estão sempre a
gozar uns com os outros.

— O que é que tu queres — rematou o meu irmão —,
a malta estima-se!

Nova explosão de gargalhada, de súbito cortada por um
berro.

— Cuidado!

O Zé mal teve tempo de reagir ao grito do Baltas. Travou
a fundo para se desviar. Uma carrinha acabara de se atravessar à nossa frente vinda de um atalho à direita. Com a guinada brusca, o Land-Rover ficou descontrolado, galgou a
berma de terra, derrapou para a esquerda, desviando-se *in
extremis* de uma motorizada que vinha em sentido contrário.
Depois fez um pião para a direita, despistou-se e entrou aos
solavancos por uma vinha dentro, acabando por se imobili-

zar contra uma carroça, a poucos metros da estrada alcatroada. O Chico foi cuspido do tejadilho, voou três metros e
ficou encavalitado no burro atrelado à carroça.

— A isto se chama ir de cavalo pra burro!

Apesar do perigo que acabáramos de correr, não conseguimos conter o riso com a tirada do meu irmão.

O Zé, por seu lado, numa fúria incontida, saltou do jipe,
em altos impropérios, dos quais só dois se podem referir.

— Assassino! Atrasado mental!

Estava capaz de comer vivo o condutor da carrinha. Nós
estávamos capazes de muito pior, mas onde o outro já ia.

— É incrível. Nem sequer parou — protestei.

— Foi a sorte dele — disse o fanfarrão do Baltas. —
Dava-lhe cá uma!

—Viste a matrícula, Zé?

— Que pergunta, Simão! Tive lá tempo.

— Era estrangeira. — Olho de Baltas não falha mesmo.

— Matrícula estrangeira só pode ser emigrante — deduziu o Zé, enquanto ia analisar os estragos na frente do jipe.

— Não sejas mauzinho — repreendi. — Podia ser tu-
rista.

—Vá lá, foi só uma amolgadela — disse o meu primo, de
cócoras junto ao pára-choques.

— Eu estou pra ver o teu pai.

— Isto não é nada — disse ainda o Simão. — Esquece.

— E a culpa é vossa. Eu bem queria vir na 4L.

— Então aí é que estávamos mesmo achatados como nos
desenhos animados — disse o Baltas, sempre brincalhão e
desconcertante, mesmo nos momentos mais difíceis.

Nos poucos quilómetros que se seguiram, não abrimos mais a boca. As nossas cabeças fervilhavam em perfeita sintonia, movidas por esse inesgotável combustível que é a curiosidade. As interrogações sucediam-se, adensando o mistério na nossa consciência.

O que aconteceu aos caçadores de Braga?

Quem é o misterioso homem descalço?

Será um extraterrestre vindo de outra galáxia?

Será um homem pré-Histórico com quarenta mil anos?

Parecia tudo demasiado louco para poder ser verdade. Estávamos a fantasiar, não duvidei, mas o apetite pela descoberta começou a reacender o nosso espírito de aventureiros. O rastilho fora a notícia no jornal e, agora, no tempo de riscar um fósforo, sentíamos que a aventura, como barril de pólvora, estava prestes a estoirar.

Fantasia ou não, é como diz a teoria do meu primo: tudo é possível no campo do desconhecido.

4 Ribeira de Piscos

HomniCod26
24.07.1915... AMBRONA... ESPANHA... O
PASTOR JUAN BALLESTERO E O SEU CÃO
DESAPARECEM SEM DEIXAR RASTO... FOI
ENCONTRADO JUNTO DO CAJADO DO PAS-
TOR UM ENORME CHIFRE DE RENA COM
GRAVURAS DE ANIMAIS E PLANTAS.

— Então, mentalizados para fazer uma viagem ao passado? — desafiou o Frederico Mancellos, Fred para os amigos, nada de doutores nem coisas do género. Que pergunta! Desde que chegáramos à sede do Parque Arqueológico do Vale do Côa não pensávamos noutra coisa.

— Vamos começar por visitar a Ribeira de Piscos — informou ele, apontando este sítio numa grande maqueta representativa de todo o vale.

Todos os relevos do terreno estão ali representados. Vi a escala, pus-me a fazer contas de cabeça; se não me enganei, o vale terá dezassete quilómetros.

— Professor Mancellos — chamou a Delfina, a guia que alguém destacara para nos acompanhar. — Temos de ir andando ou não dá tempo p'ra vermos a Canada do Inferno.

— Canada do Inferno?

— Ficaste arrepiado, Baltas — brincou o Zé.

— Arrepiado, eu? Gramo é o nome.

— A Canada do Inferno fica aqui. — A Delfina mostrou na maqueta um aglomerado de alfinetes de cabeça colorida. — Tem este nome por ser um sítio onde o calor no verão é infernal e também por ser a zona mais profunda do vale.

— E estes alfinetes? — perguntei.

— Indicam a existência de gravuras. Cada uma das cores refere-se a uma época diferente. Mas depois lá eu explico tudo.

— Então, vamos ou não vamos?— incitou o Zé, de Nikon nova ao ombro, impaciente por dar asas à sua paixão pela fotografia.

— Posso só perguntar mais uma coisa? — interveio o meu primo, de gatas, como se analisasse o vale à lupa. — Onde é que fica a Penascosa?

— É mais a montante.

— O que é que isso quer dizer? — indagou o meu irmão.

— A montante quer dizer no sentido da nascente do rio em relação ao local onde estivermos, neste caso a Canada — esclareceu o Fred, e apontou:— Aqui, tás a ver? Para o lado da foz diz-se a jusante.

— Em todo o caso não se pode ir à Penascosa, professor — disse a Delfina.

— Porquê? — exclamámos em uníssono, subitamente desiludidos.

— Que pena — lamentou o Zé. —Vinha com a ideia de ver a gravura do animal com várias cabeças.

—Várias cabeças?

— Sim, Raquel — esclareceu por sua vez o Fred. — Já era uma particularidade inovadora. As várias cabeças pretendem transmitir a ideia de movimento.

— É como os desenhos animados.

— Exactamente, Baltas — sorriu o Fred.

— Fiz isso uma vez num caderno — elucidou o meu irmão. — O desenho ia mudando de posição. Quando se desfolhava muito depressa o caderno aquilo mexia.

— De qualquer modo as visitas àquela zona estão temporariamente interditas pela polícia judiciária. — A Delfina interrompia a excitação do Baltas. — Por causa do desaparecimento dos caçadores. Andam a bater a zona toda.

— Ainda não há rasto deles?

— Parece que não — disse ela. — De qualquer modo não é assunto que nos diga respeito.

— Tem toda a razão! — anuiu o Zé, olhando para nós com ar severo.

Foi nessa altura que uma gritaria ecoou mesmo atrás de nós. Risada geral. O Chico tinha surripiado um boné do expositor de vendas e fugia de uma das recepcionistas, fazendo fintas dignas da melhor cena do Charlot.

A simpática recepcionista parecia um caçador de borboletas a apanhar bonés. O fim da macacada!

O Chico, que é um macacão, ao perceber já não ter saída, acabou por se refugiar às minhas cavalitas. A rapariga vinha lançada, e para evitar chocar comigo, travou a fundo, escorregando no soalho e estatelando-se ao comprido.

— Apresento-vos a minha colega Dalila — disse a Delfina, perdida de riso.

— Muito prazer — disse ela, envergonhada.

O Zé, sem conseguir disfarçar um sorriso galanteador, ajudou Dalila a levantar-se.

— O prazer é todo nosso — disse ele.

Mal tínhamos tido tempo para almoçar. Duas sandes, um iogurte e lá íamos nós por atalhos e mais atalhos a caminho da Ribeira de Piscos num UMM todo-o-terreno. Nunca o termo foi tão apropriado. De tal modo os caminhos por ali são acidentados. Mas a vista que se desfruta compensa tudo o mais.

A Delfina ao volante. O Fred, a seu lado, sempre com interessantes tiradas filosóficas sobre a evolução do Homem. Nós todos atrás, frente a frente, em dois assentos laterais. O Chico, para não variar, escolheu o tejadilho.

O Fred é uma figura, no mínimo, invulgar. Excêntrico, é certo, como nos dissera o Zé Cateto, mas mais do que isso. Ninguém diria tratar-se de um cientista afamado. Cabelo desgrenhado, barba por fazer, e a falar, então, nem queiram saber. E no vestir? Bermudas caqui, boné tipo Baltas mas de pala para a frente, botas de montanha, e uma t-shirt branca com a frase *I WAS THERE* [*] a negro desbotado.

Cada um de nós se atirou a imaginar onde seria aquele *there*. Só o Baltas ousou perguntar-lhe, apontando a frase no peito dele.

— Estiveste lá onde?

— Onde tu quiseres.

— Onde eu quiser?

— Onde tu quiseres imaginar que eu tenha estado.

[*] EU ESTIVE LÁ

— Mas a t-shirt é tua.

— Lá por isso... — e de pronto despiu-a e ofereceu-a ao Baltas.

Olhámos uns para os outros. O Fred era completamente chanfrado.

— E agora vais de tronco nu?

E em menos de um fósforo, como num passe de mágica, uma t-shirt exactamente igual surgiu da sua mochila.

— É igual! — espantou-se o Simão, e não era caso para menos.

— Eram uma pechincha. Comprei logo cinquenta.

— Também estou interessado. Onde é que foi isso?

— Sei lá, Zé, já nem me lembro. Olha, foi *there*.

E nisto, abriu os braços como se abraçasse o mundo.

A foz da Ribeira de Piscos fica na fronteira que separa as encostas mais suaves que limitam o leito do Côa e a parte do vale mais escarpada e profunda.

Era uma e meia e a canícula asfixiante.

— Estão no mínimo quarenta graus — informou a Delfina quando chegámos.

— Estica-te!

— E não é nada, Baltas. Espera pela Canada. Devem lá estar quase cinquenta.

— Que exagero! — duvidou o Simão.

— Vais ver — disse a Delfina.

E o Fred, saltando do jipe e começando a despir-se:

— Trouxeram fato de banho? O último a mergulhar é ramapiteco!

— O que é isso ramapiteco? — gritou o meu irmão.

— É do piorio. É o antepassado do orangotango.

— Deixem lá o professor. Venham ver as gravuras.

Eu estava parva a ver a figura dele, em cuecas, a esbrace-jar na pouca água que o rio levava. Roemo-nos de inveja. Ainda por cima ao vermos o Chico, sem cerimónias, entrar de mortal na água. Brincalhões, puseram-se a dar amonas um ao outro.

— Este quadro é digno de ser filmado — exclamou o meu primo, de *handycam* apontada.

— E fotografado — disparou o Zé. — Cá está um exem-plo de evolução e simultaneamente de regresso às origens.

Mas não havia tempo para brincadeiras. Disso nos lem-brou a Delfina.

—Vá, vamos! — disse.

Fomos. E não nos arrependemos. Não apanhámos um banho de água, é certo, mas apanhámos um banho de Histó-ria memorável. Só se ouvia o *clic* da Nikon do Zé a disparar a torto e a direito. Fixou a objectiva particularmente numa gravura representando dois cavalos de cabeça enlaçada.

— Eles já tinham um traço fabuloso. A qualidade estéti-ca é impressionante.

— Isto é de quando?

— Paleolítico superior, Baltas — respondeu o Zé.

—Vejo que sabe — espantou-se a guia.

— O Zé? — interveio o Simão. — Nem queiras saber, Delfina. Assina a *National Geographic* há vinte anos.

— Esta hora é tramada é para fotografar. Tenho muita luz. Como é que vocês fizeram? As fotos do livro do parque estão muito boas.

— Os meus colegas fotografam de noite — informou a Delfina. — Usam luz rasante de mil watts.

— E eles só viviam aqui ao pé do rio?

— Aqui no Côa e no Vale do Douro, Simão — volveu a guia. — De facto, noutros vales com idênticas condições não aparecem vestígios de ocupação da mesma época.

— Por que é que será?

— Só estes dois rios tinham água todo o ano e isso contava muito, se tivermos em conta que naquele tempo o clima era bem mais seco do que é hoje.

— Tem toda a lógica — corroborou o Zé. — Os rios sempre foram vias de comunicação.

— E não só — reforçou a Delfina. — Também era ao longo deles que migravam as manadas.

—*Hi, guys!*

Era um casal de turistas americanos dos seus cinquenta anos. Chegaram acompanhados por outra guia. Vestiam como se estivessem no Havai. Juntaram-se a nós para ver uma gravura numa rocha ao lado.

— Cá está um dos raros casos de representação de uma figura humana — explicou a Delfina, enquanto a sua colega ia fazendo o mesmo em inglês. — Aqui neste caso, sobreposta a um auroque.

— Auroque? — estranhei. — Parece um boi.

— O auroque era um bovídeo muito corpulento que acabou por se extinguir.

— *What's this?* — exclamou com uma risadinha maldosa a americana, apontando o sexo do estranho homem gravado na rocha.

Foi a custo que contivemos o riso. Até aí, todos nós tivéramos o bom senso de não referir o dito cujo, bastante bem expresso na gravura e, por conseguinte, a dispensar esclarecimentos. Mas os americanos são assim mesmo, descontraídos até mais não. A guia deles ficou encavacada. Coube à Delfina a dura tarefa de responder o melhor que soube:

— *This is a...* — Hesitou à procura da palavra mais conveniente e, quando julgou tê-la encontrado, deu-lhe a melhor pronúncia britânica: — *This is a...* falo.

Desconcertante foi a americana. Percebendo a palavra errada, subverteu a frase da Delfina, exclamando com exuberância:

— *Oh!... And it's a good fellow!*

Não se admirem, pois, se, ao visitarem Vila Nova de Foz Côa, alguém vos contar esta anedota. É fácil acreditar que já tenha caído no domínio público.

5 Canada do Inferno

```
HomniCod43
25.12.1971... BORDER CAVE...
FRONTEIRA  SUAZILÂNDIA/ÁFRICA  DO
SUL... UM GUIA AFIRMA TER SIDO SALVO
DAS GARRAS DE UM LEÃO POR UM HOMEM
DE APARÊNCIA PRÉ-HISTÓRICA... APRE-
SENTOU COMO PROVA UM MACHADO TÍPICO
DO HOMO ERECTUS.
```

Às três horas chegámos ao local de todas as polémicas. Na margem esquerda do Côa, a Canada do Inferno. Foi ali que tudo começou. Foi ali que as primeiras gravuras foram descobertas.

A quatrocentos metros a jusante permaneciam ainda os vestígios da barragem que a EDP intentara levar a cabo. A represa ligando as duas margens. Os cabos de um teleférico unindo os cabeços de um e outro lado do rio, a uma altura de uns bons sessenta metros. As plataformas do mesmo. Na margem oposta, o monte descendo sobre a água, exibia, escancaradas na base uma série de bocas negras, túneis que as obras da barragem, entretanto interrompidas, deixaram por fechar. Mais acima, nessa mesma margem, um vasto conjunto de enormes silos destinados ao fabrico de betão, segundo nos explicaram.

O cenário teve sobre nós um efeito assustador. Imponente, confesso, mas ao mesmo tempo fantasmagórico e apocalíptico. Imaginei quantos anos seriam necessários para

apagar estes sinais esmagadores do progresso e o vale re-
conquistar, ali, e por direito próprio, a sua paisagem natural.

A História, como é sabido, venceu o progresso. As gravuras foram preservadas. Outra barragem será erguida noutro local. E, no entanto, apesar de todas as investigações e
todos os estudos, apesar de todos os relatórios, as opiniões
locais ainda se dividem: a barragem ou as gravuras?

O tempo, esse operário, fará o que tem a fazer. Os ânimos, como partículas em suspensão na água do Côa, assen-
tarão. E todos, mais tarde ou mais cedo, acabarão por ver a
maior profundidade.

Acerca deste núcleo de gravuras, de longe o mais importante de todo o Vale do Côa, não resisto a resumir tudo o
que vimos, embora reconheça nunca haver palavras que bas-
tem para descrever o deslumbramento. O melhor mesmo é
irem até lá.

Vão ver as gravuras sobrepostas de auroques, cabras e
cavalos do paleolítico. Vão ver igualmente representações de
peixes da mesma época. E, como nos aconteceu a nós, sur-
preendam-se ao verem, ali mesmo ao lado, representações de
temas religiosos do século XVII ao XIX. E ainda, pasme-se,
datada de 1944 e assinada por um tal Alcino Tomé, a gravura de um comboio atravessando uma ponte.

— O senhor Alcino Tomé é um velho moleiro — informou a Delfina. — E quando uma vez lhe perguntaram se
sabia a origem das gravuras rupestres, respondeu: «foram os
mouros». Aliás, esta opinião do senhor Alcino acabou por se
generalizar entre o povo.

— Tou mesmo a ver daqui a vinte mil anos — profetizou o Baltas. — Os turistas a olharem para o combóio e a perguntarem que bicho é este.

Só o Simão pareceu não ter ouvido a saída do meu irmão. Filmava a margem oposta com indisfarçável interesse. Não lhe escapou o mínimo pormenor.

— Onde é que vão dar aqueles túneis? — quis saber a certa altura.

— A lado nenhum — disse o Fred. — Foi das obras. Dizem que aquilo lá em baixo é um autêntico labirinto.

Fiz a leitura imediata do que ia na cabeça do meu primo.

— Se calhar foi naquele labirinto que se perderam os caçadores.

— Pronto! E vocês que não voltassem ao mesmo!

— Ó Zé, não te irrites — interveio o Fred a serenar os ânimos. — Deixa os miúdos serem curiosos. Até eu já dei comigo a pensar neste caso dos caçadores.

— Também eu — disse a Delfina. — É a primeira vez que acontece uma coisa destas por aqui. Mas não se podiam ter perdido nos túneis da barragem, isso não faz sentido.

— Porquê?

— Então, professor, a carrinha deles foi encontrada na Penascosa.

— Mas o jornal diz que as pegadas acabavam no rio — disse o Fred. — E o mais estranho é não terem encontrado pegadas na margem oposta.

— Cá pra mim, foi o homem descalço que os raptou.

— Eia, Baltas!... — intervim. — E eclipsavam-se no ar, era?

— Onde isto já vai — cortou o Zé. — Fred, põe ordem nisto que eu já não faço nada deles.

— Eu até estive a pensar na teoria do Fred.

Este ficou espantado com o meu irmão.

— Na minha teoria? Qual teoria?

— Sim, o Zé contou-nos que tu acreditas que ainda pode haver seres da pré-História.

— Calma aí, Baltas... De facto acredito, mas teoricamente falando. Ou melhor, não há razões válidas que possam provar-nos o contrário.

— Então o homem descalço pode ser da pré-História?

— Não creio, Raquel... — sorriu o Fred, paciente. — Parece-me improvável. Não há memória de algum vestígio, seja de que natureza for, que levante a suspeita da existência de uma civilização pré-Histórica vivendo no tempo presente. Pelo menos em Portugal.

— E noutros sítios há provas?

— Bem, Simão, provas concretas, não. Fala-se é cada vez mais insistentemente no seio da comunidade científica de uma organização que se dedica ao estudo destas matérias e que tem mesmo em seu poder algumas provas. Mas, enfim, é o que se diz, se calhar é tudo especulação. Em qualquer dos casos eu ainda tenho esperanças de ver alguma coisa que me prove não estar completamente enganado.

— Será mesmo? — duvidei. — Será possível?

— Será... Não será... Quem sabe... Eu, à cautela, sou como o Descartes, vivo em dúvida metódica. Temos de pôr tudo em causa.

Seria especulação? Não seria?

Os nossos olhares encontraram-se uma vez mais. Eu, o meu irmão e o Simão voltávamos a estar em sintonia de ideias.

E foi neste momento, na faísca de um fósforo a acender, que todas as nossas dúvidas deram lugar a uma só convicção: alguma coisa inexplicável, fora do alcance da compreensão humana, parecia ter acontecido aos caçadores.

E era a nós que cabia desvendar o mistério de Foz Côa.

O melhor do dia é muitas vezes a noite.

Foi o que sucedeu naquele sábado. O Fred tinha-nos reservado uma surpresa. Ou antes, reservado uma mesa para jantar no restaurante O Artur, em Carviçais, uma das catedrais gastronómicas do país, como gosta de evocar o Zé.

Eram onze da noite quando demos por finda aquela refeição senhorial. Não há palavras que a descrevam com justiça, nem sabores que se lhe igualem, nem tão-pouco sabores como os da sua cozinha.

Dispenso-me de referir o conjunto notável de iguarias que desfilaram pela mesa. Fica apenas, como registo inesquecível, o *ex-líbris* da casa: a famosa posta mirandesa. E por aqui me fico.

— Meu Deus, este repasto foi um acto de cultura — apregoou com solenidade o nosso amigo Cateto, saboreando agora uma aguardente de pêra e maçã.

— É preciso cuidado é com os graus — acautelou o Fred, ao chegar à sua quarta rodada.

— É, é... — gozou o Baltas. — É preciso é cuidado com os degraus à saída.

Explosão de gargalhada. Pela centésima vez a nossa mesa foi o centro das atenções.

— *Ça va, Frred?*

Um tipo ruivo com sotaque afrancesado e vestindo com alguma formalidade, acabava de dar uma palmadinha nas costas do nosso amigo arqueólogo. Este não conseguiu disfarçar a surpresa.

— René!?...

— Estou de férias com um amigo — indicou um sujeito barbudo que o esperava ao pé da porta. — Vim verr as grravurras.

— Fizeste bem. — E a despachar: — Então até um dia destes.

— Um abraço — e afastou-se.

—Vai pela sombra — resmungou baixo o Fred. — Só faltava cá este.

— Quem é?

— René Truffaut, um paleontólogo belga que eu tive o desprazer de conhecer em tempos.

— Desprazer porquê?

— Um dia conto, Baltas. Agora não quero estragar a refeição.

Mas por momentos, a boa disposição pareceu fugir-lhe do rosto. O Zé reparou e interpelou-o.

— Que cara é essa, Fred?

— É muito estranho o René estar em Foz Côa.

—Veio ver as gravuras.

— Sim, Zé, mas ele é daqueles que têm dito que as gravuras não são do paleolítico.

—A carrinha! — explodiu o meu irmão.

Numa reacção instintiva olhámos todos pela janela que dava para o estacionamento. Reconhecemos imediatamente a carrinha que nos atirara para fora da estrada nessa manhã. Arrancava a toda a brida. Mas ainda deu tempo de vermos dentro dela duas caras, por um segundo recortadas no feixe de luz de um poste de iluminação. A do belga e a do barbudo.

6 Um Estranho Desenho

HomniCod31
23.02.1967... PICO RAMELAU...
TIMOR...
NUM TÚNEL DE UMA MINA DE COBRE É
CAPTURADO UM HOMINÍDEO MUITO
SEMELHANTE AO HOMEM DE JAVA (HOMO
ERECTUS)... SUBMETIDO A ANÁLISES
EXAUSTIVAS ACABOU POR ENTRAR EM
COMA... CAUSA DESCONHECIDA... CRIOGE-
NIZADO AINDA EM VIDA.

Naquela noite de sábado as nossas mentes fervilhavam de inquietação. E sempre que assim acontece ficamos eléctricos, a transbordar de energia. A todas as dúvidas juntava-se agora o tal René. Nada fazia crer que a sua presença ali tivesse alguma ligação com o mistério dos caçadores desaparecidos. E no entanto...

O Zé, como é costume seu, não teve pachorra para nos aturar e foi ver televisão para o quarto. Sem antes deixar de proferir a sua sentença.

«O vosso mal é sono!»

Com o Fred foi diferente. Ele tem um bocado o nosso espírito. E qualquer coisa que fuja à normalidade estabelecida faz-lhe logo comichão atrás da orelha.

Não admira, pois, que tivéssemos ficado horas sem conta à beira da piscina na conversa com ele. Não bastava já o caso dos dois caçadores e agora também o aparecimento súbito deste René. De facto, era estranhíssima a sua presença em

Foz Côa. O Fred sabia de uma anterior visita dele ao local. Fora dessa vez, esclareceu-nos, que o René redigira um célebre relatório denegrindo o trabalho efectuado pelos técnicos do Parque, e colocara até em dúvida a datação das gravuras. Então, por que razão teria voltado? Mais ainda, ninguém do Parque sabia da sua presença ali, disso tinha o Fred a certeza.

As horas passaram sem se dar por elas. Como não damos pelos milhões de estrelas nascerem e morrerem lá em cima, a milhões de anos-luz de distância, no tempo de um fósforo acender. Somos tão minúsculos, tão insignificantes ao pé das estrelas, que é tão bom sentirmo-nos engrandecidos com o que aprendemos a falar uns com os outros.

Estava uma noite quente e é sabido como noites assim afastam o sono e dão rédea solta à cavaqueira.

A tal ponto que, a dada altura, o dono da residencial, o simpático Paulo Jaloto juntou-se a nós. Com pezinhos de lã, sob o pretexto de oferecer agora isto, mais tarde aquilo, puxou de cadeira e foi ficando, ficando... Já atirava mais bitates que nós. Defendeu mesmo, com manifesto bom humor, uma tese para o desaparecimento dos caçadores.

«Aquilo estavam fartos disto e piraram-se para o Brasil, que era o que eu fazia se pudesse.»

E como do Brasil a África é um pulinho, passou a contar-nos antigas histórias vividas em Moçambique.

Ali ficámos, perdendo o fio à meada das divagações. E como a *divagar se vai ao longe*, quando demos pelas horas eram quatro da matina. Obrigatório deitar se ainda queríamos tirar outras tantas de sono.

Quando o telefone tocou às oito para me acordarem, eu estava a sonhar que havia uma visita de estudo a uma fábrica de campainhas.

Mesmo ressacados, não tivemos lata de recusar o amável convite do Manuel Almeida e do João Félix, dois dos responsáveis pela descoberta e catalogação das gravuras do vale. Eles permitiram-nos visitar um local fabuloso onde há gravuras do paleolítico e da idade do ferro ainda por divulgar. Para lá chegarmos, uma caminhada memorável ao longo da desactivada linha de caminho-de-ferro do rio Douro.

Ainda convivemos um pouco com um grupo de castiços que pescavam carpas. Um deles exibiu um enorme peixe acabado de apanhar. O Zé fotografou e o Simão filmou.

Tudo isto contribuiu para nos fazer esquecer de vez a ressaca.

Passaram uns dias. Já em Lisboa, Foz Côa não nos saía da cabeça. Por tudo o que víramos, mas também pelo misterioso desaparecimento dos dois caçadores. Aparentemente, mais um caso a arquivar, embora o Simão continuasse a acreditar que não era por acaso que o tal belga andava por ali. De tal modo ele acreditava, que eu e o meu irmão passámos também a acreditar. São daquelas coisas que às vezes nos passam pela cabeça e depois vão ganhando consistência sem razão aparente para tal. Até se tornarem uma certeza.

Como sempre diz o meu primo.

«Quando não temos nada, temos de nos agarrar a alguma coisa.»

A um jornal, por exemplo.

O Simão entrou-nos pela casa dentro, na sexta-feira seguinte, agarrado ao *Independente*, numa gritaria doida.

O **Independente** conseguiu descobrir que um dos caçadores recentemente desaparecidos no Vale do Côa, de nome Aurélio Vidal, se encontra internado numa clínica privada em Sintra em estado de completo alheamento perante a realidade. Uma fonte segura, garantiu ao nosso jornal que o caçador perdeu a razão e não diz uma única palavra. Até ao momento todas as nossas tentativas para contactar o director da clínica, Dr. Amadeus Wink, foram infrutíferas. O nosso jornalista foi mesmo impedido de visitar a clínica.

— Cá está! Até que enfim!

— O que foi?

— Lê, Raquel.

— Em voz alta — disse o Baltas, tão em pulgas quanto eu.

— Eu não disse? — exclamou o meu primo quando a notícia chegou ao fim. — Foi um extraterrestre.

— Como é que tu podes dizer uma coisa dessas?

— Elementar, minha cara Raquel. — Calou-se e, mãos atrás das costas, pôs-se a andar em círculos no meio da sala. Engrossou a voz para dar mais solenidade ao discurso e continuou: — Tenho uma data de relatos no BigMac de encontros imediatos do 3.º grau...

— E depois?

— Não me interrompas, Baltas. Acontece que em muitos deles as pessoas após o contacto ficam em estado de choque. Algumas não conseguem mesmo relatar o que viram.

— Mas nós já vimos um OVNI e não entrámos em choque.

— Baltas, Baltas — cortou, importantão —, eu disse encontros imediatos do 3.° grau. Nós vimos a nave, mas não houve contacto com os seres [*].

— Só falta dizeres que foram marcianos que fizeram as gravuras.

— Isso já não sei, Raquel, nem por agora me interessa...

Fez uma pausa a respirar fundo. Eu e o meu irmão já conhecíamos estas crises do detective privado Simão Mateus, por isso limitámo-nos a encolher os ombros e a permitir que desse vazão à sua delirante imaginação.

— Estou a ver a cena — e empunhou uma arma invisível. — Os dois caçadores calmamente na Penascosa... entram no leito do rio ao romper da madrugada...

— Como é que sabes que foi ao romper da madrugada?... — interrompi. — És cá um pintor.

— Isso não interessa nada. É um pormenor para dar um toque de suspense ao drama.

— Pareces o José Hermano Saraiva — gozou o meu irmão, e pôs-se a imitar na perfeição, a voz e tudo, o historiador quando fala na TV. — D. Afonso Henriques, acometido de uma súbita indisposição, levantou-se. Lá fora chovia.

— Que exagero.

— Também acho, Simão. Por isso passa mas é à frente dos pormenores sem importância.

(*) Ler Super 4 - Vol.3 *A Canção do Golfinho*

Acusou o toque, afinou a voz e retomou a narrativa.

— Foi então que uma luz intensa pairou sobre os caçadores. Era a nave espacial. Foram sugados por um cilindro de luz como os ácaros na alcatifa são sugados pelos aspiradores.

A imagem foi tão forte que eu e o meu irmão engolimos em seco. Triunfante, o meu primo atacou.

— Ah!, agora já estão impressionados.

— Estava a ver-me na pele de um ácaro — disse eu, enojada.

— Pois eu estava a ver-me na pele do aspirador — disse o Baltas, bem mais enojado que eu. - Bah!

— Como vêem a minha teoria faz sentido. Não achas, Baltas?

— Eu continuo na minha, aquilo são tipos pré-históricos que saíram dos túneis.

Olharam para mim. Se estavam à espera que eu arriscasse uma teoria, enganavam-se. O Simão, contudo, puxou-me pela língua.

— E tu, Raquel, o que é que achas?

— Acho que estamos a perder tempo com teorias. Temos de passar à prática e ir quanto antes à clínica desse Dr. Amadeus Wink.

— Boa! — exclamou o meu irmão. — Ó Simão, as mulheres são mesmo mais práticas.

Foi um fósforo. Pegar no Chico, apanhar o comboio no Rossio e chegar a Sintra.

— Sabe onde é que fica esta clínica? — perguntei a um motorista de táxi, mostrando-lhe a foto no *Independente*.

— Clínica?... Conheço essa casa, mas nem sabia que era uma clínica.

— É longe? — Simão impacientava-se.

— Dois quilómetros, mais ou menos. É na estrada para Colares.

— Pode levar-nos? — disse o Baltas.

— E esse também é para ir? — Referia-se ao Chico, que percebeu, não achou graça, arreganhou o dente e entrou para o banco de trás sem pedir licença.

É a melhor solução. Falar pouco e agir rápido. Entrámos no velho Mercedes. O motorista terá percebido que não havia nada a fazer e fez-se à estrada.

A clínica está instalada num palacete. Um muro altíssimo rodeia toda a propriedade. Através das grades de um pesado e austero portão de ferro verde-escuro, conseguimos ver o edifício da clínica, a uns cinquenta metros de distância, ao fundo de uma álea de altos pinheiros nórdicos. No portão, uma quase imperceptível placa de bronze ao lado da campainha.

Clínica Amadeus Wink. Só então tomámos consciência de que não fazíamos a mais pequena ideia de como iríamos conseguir entrar.

Mas somos quatro, e quatro valem mais que um. E o Chico, como fizera para entrar no táxi, não hesitou um só segundo. Saltou para cima do muro.

— Cuidado — avisei-o. — Vê lá não te vejam.

Do muro, saltou para uma árvore e desapareceu. Logo a seguir, o portão começou a abrir lentamente. A nossa primeira reacção foi pensarmos tratar-se do Chico. Mas não.

Mal tivemos tempo de nos esconder atrás de uns arbustos, quando vimos aparecer a carrinha de uma lavandaria. Esta partiu e bastou um olhar entre nós para sabermos o que havia a fazer.

Mergulhámos por uma nesga do portão no momento exacto antes de ele se fechar. No interior da propriedade, camuflámo-nos no meio de uns cedros que cresciam junto ao muro. Do Chico, nem o mínimo sinal. Começávamos a ficar preocupados. Tanto mais que a sair da clínica vinha o que nos pareceu ser um anão vestindo uma bata branca muito comprida. Não se percebia bem, o sol estava de frente. Encolhemo-nos o mais que pudemos no meio dos cedros. Através da folhagem apercebemos que o anão caminhava em direcção ao portão. Primeiro vagaroso, depois, pouco a pouco, acelerando o passo. Trazia qualquer coisa na mão. E agora corria, corria cada vez mais.

Era o perigo que se aproximava. Numa reacção natural, fechámos os olhos, os três muito apertados uns contra os outros. E depois nada aconteceu. Abrimos os olhos e o anão de bata branca tinha desaparecido. Alguns segundos de espera angustiante até que sentimos a ramagem mexer sobre as nossas cabeças. Nem houve tempo de ver o que estava a acontecer. Um vulto saltou e caiu mesmo ao nosso lado.

Era o anão de bata branca de estetoscópio na mão.

— Chico! — exclamámos em coro.
— Isso não se faz! — rosnou o Simão.
— Quase nos matavas de susto! — E respirei fundo.

MERGULHÁMOS POR UMA NESGA

Ele ria, feliz, com a partida que nos pregara. Interrogámo-
-lo com o olhar e ele explicou-se, naquela sua linguagem
gestual que só nós conseguimos descodificar.
Tinha entrado sorrateiramente na clínica por uma janela.
Depois surripiou uma bata e um estetoscópio. E por fim,
saiu por onde entrara sem ser visto.
A ideia dele era bem clara: se algum de nós queria lá
entrar, só disfarçado de médico ou enfermeiro. Olhámo-nos
como se perguntássemos:
«Há voluntários?» Mas já sabíamos que aquilo era tarefa
para mim e para o meu primo.
O Baltas e o Chico ficariam à espreita, prontos a entrar
em acção a qualquer momento ou para nos avisarem ao
mínimo sinal de perigo.

A recepcionista da clínica cumprimentou-me com um
aceno de cabeça quando entrei no edifício. Eu fiz o mesmo,
coçando o sobrolho na tentativa de esconder o rosto.
O Simão caminhava penosamente comigo às cavalitas.
Tínhamos visto aquilo num filme, não me lembro qual.
A bata cobria os nossos dois corpos e o meu primo ia esprei-
tando pela abertura entre dois botões, não fosse tropeçar em
alguma coisa.
Logo deu para entender que se tratava de uma clínica
luxuosa.
Pelo movimento, embora reduzido, de pessoal médico,
percebemos que os quartos deveriam estar instalados no
andar superior. Eu lá fui disfarçando o melhor possível para
que ninguém me reconhecesse. Neste caso: para ninguém
reconhecer que não me conhecia.

Subir as escadas foi dramático e exigiu do Simão uma perícia digna do melhor artista de circo. Ao chegarmos ao patamar do primeiro andar, abria-se um longo corredor para a direita e outro idêntico para o lado oposto. Ao longo deles, os quartos.

Que caminho seguir? A sorte favorece os audazes. Providencialmente, sobre uma mesinha, reparei que alguém deixara ficar uma pequena prancheta de metal. Presa a esta, o relatório médico de um doente muito especial: Aurélio Vidal — quarto 9.

Foi nesse momento que uma "colega" enfermeira me perguntou, ali mesmo atrás de mim:

— Estás em que quarto?

— Estão a demorar, Chico. — O Baltas roía as unhas.

O chimpanzé imitou-o, igualmente sofrendo a angústia da espera, e soltou um leve guincho e deu uns saltinhos nervosos.

Estavam ainda escondidos no meio dos arbustos, entre estes e o muro. O portão voltou a abrir-se, num ranger arrastado de ferro. Um potente BMW preto meteu o focinho no interior da propriedade e estacionou a poucos metros do portão. Este voltou a fechar-se.

O Baltas nem quis acreditar. Do carro saiu, nada mais nada menos, o barbudo que havíamos visto com o belga René em Carviçais.

O mistério adensava-se. Que faria ele ali?

O coração do meu irmão pulou, num misto de pânico e impotência. Disse-nos mais tarde que bem tentou assobiar — e se ele tem cá um assobio! — mas só lhe saiu da garganta um sopro ridículo e quase silencioso.

Tinha-me livrado airosamente da outra enfermeira. Só vos digo que ela me perguntou se eu estava com frio. Eu tive de dizer que sim. Mal sabia ela que as pernas do meu primo é que tremiam que nem varas verdes.

Acabei por assumir como meu o serviço do quarto 9. Por sorte, a prancheta não era a dela.

Aurélio Vidal estava sentado na cama. À sua volta, desenhos e mais desenhos que ele não parava de fazer. Estranhamente, ou nem tanto, todos os desenhos representavam o mesmo: uma espécie de homem de Neandertal com uma tanga de pele de animal e um colar de conchas e dentes ao pescoço; um crânio demasiado grande e uma caixa toráxica muito desenvolvida.

Não pareceu ter dado pela nossa entrada no quarto.

— Senhor Aurélio Vidal?... — chamei a sua atenção.

E ele nada. Como se não nos visse nem ouvisse. Sempre a fazer aquele desenho. Obsessiva e ininterruptamente. Coloquei-me de propósito à frente dele. Continuou no seu mundo, ausente por completo. Como um autista.

— Não podemos ficar aqui mais tempo — ouvi dizer nas minhas pernas, já a ficarem dormentes.

— Senhor Aurélio! — tentei uma vez mais comunicar, mas em vão, ele não deixou por um só momento de desenhar aquele ser estranho.

— Esquece, Raquel. Pega num e vamos. — E o meu primo flectiu as pernas para que eu conseguisse chegar aos desenhos espalhados por todo o lado. Meti um deles no bolso da bata e saímos do quarto.

Pouco depois, ao descermos as escadas, cruzámo-nos com ele, o barbudo. Os nossos olhares encontraram-se, num cumprimento surdo. Tive a sensação que me reconheceu. Ou foi o medo? O que é certo é que os olhos dele ficaram nos meus tempo de mais para o meu gosto. Mas acabou por subir e desaparecer.

Acabáramos de sair do edifício e já respirávamos fundo, quando a porta se abriu atrás de nós. Senti-me gelar, e se estava calor!

— Senhora enfermeira — chamou a recepcionista atrás de mim.

— Sim? — balbuciei a medo.

Desta vez é que era. O barbudo reconhecera-me mesmo e tinha dado o alerta.

Mas não. Falso alarme.

— Tome — disse ela com um sorriso amistoso. — Caiu-lhe do bolso.

Era o desenho do homem pré-histórico.

7 O Colar

HomniCod49
04.08.1994... OSLO...
NORUEGA...
CRIANÇA AUTISTA DO SEXO FEMININO COM
TRÊS ANOS DE IDADE DESENHA CONTINUA-
MENTE O MESMO MOTIVO... ESPECIALIS-
TAS TENTAM DECIFRAR SIGNIFICADO DO
DESENHO... ESTUDOS INCONCLUSIVOS.

Durante a semana não se falara de outra coisa nos meios de comunicação social. Todos os canais de televisão procuravam acrescentar mais qualquer coisa que agarrasse os telespectadores ao caso sem aparente resolução do desaparecimento dos dois caçadores no Vale do Côa. É destas histórias que o público gosta. São as coisas fora do comum que permitem todas as especulações, todas as invenções, todas as tontarias.

Nós não fugimos à regra.

Nos dias que antecederam a caixa do *Independente* que despoletou a nossa rocambolesca visita à clínica do doutor Amadeus Wink, afadigámo-nos a guardar no BigMac do Simão tudo o que saía na imprensa falada ou escrita. Tínhamos ainda esperança que algum facto, algum pormenor, por mais insignificantes, fizessem luz sobre tão obscuro caso. Mas se esse facto ou pormenor existiram, não demos por eles. Nada apareceu relatado que nos ajudasse. Andámos nitidamente a patinar. E quanto mais patinávamos maior o desespero. O Simão, algumas vezes, num ataque de raiva, fechava o ficheiro a que dera o nome de CôaMistery e abria de imediato o simulador de voo. Aí, era melhor deixá-lo pilotar à vontade o «seu» helicóptero e soltar a adrenalina.

Depois, mais calmos, atacávamos de novo o ficheiro de todas as inquietações, e este já ocupava um bom bocado da memória do computador. É que as notícias saíam em catadupa, embora não fossem mais que o fazer render o peixe habitual em situações do género. As televisões, então, foram pródigas em testemunhos de próximos e familiares dos desaparecidos. Quanto às críticas à inoperância da investigação policial, dessas se encarregou a oposição ao governo.

Enfim, a todos serviu o desaparecimento dos caçadores, de uma ou outra forma. Sobre eles, ficou-se a saber que ambos eram excelentes pessoas, ninguém lhes conhecia inimigos. Homens comuns com vidas comuns sem grande história.

«Aurélio Vidal» garantiu um colega de emprego «é um tipo pacato e tristonho a maior parte das vezes. Perdeu a mulher e um filho menor num acidente de automóvel quando vinham do Algarve. Foi sempre dado a depressões e até se diz que anda no psiquiatra». No fim, sorriu para a câmara, convicto de duas coisas: ter prestado ao colega um bom serviço e ser reconhecido por todos na rua a partir daí.

Sobre o segundo caçador, disse a própria mulher lavada em choro à porta da sua casa em Braga, rodeada de sorridente vizinhança encavalitada para aparecer:

«Sempre foi alegre e folgazão, bom marido e bom pai de família, o meu rico Mário, não percebo como é que isto nos havia de acontecer, logo à gente que não fazemos mal a ninguém, por favor ajudem-nos» e mais não disse, engasgou-se.

Aurélio Vidal e Mário Teixeira, testemunhou um antigo companheiro de serviço militar, conheceram-se no ultramar, onde cimentaram uma amizade sincera e duradoira. Foi em terras da Guiné, aliás, que lhes ficou o gosto pelo tiro.

Não, em definitivo, com dados desta natureza não iríamos longe. O Simão continuava a teimar que era coisa de extraterrestres. O Baltas que havia seres pré-históricos mesmo. Eu desfazia-me em incertezas.

De seguro tínhamos apenas a vontade de voltar a Foz Côa, de visitar a Penascosa. Quem sabe, lá encontraríamos alguma pista mais consistente que tivesse passado despercebida aos olhos da polícia. Mas ir a Foz Côa como?

Imagine-se então a esperança que nos deu a notícia do internamento de Aurélio Vidal. Depois o desenho, agora em nossa posse, que nada indiciando, deixava lugar a mais especulação. E ainda a presença mais que suspeita do barbudo na clínica. Não podia ser mero acaso.

Enfim, havia nas nossas mãos um conjunto disperso de coisas a precisar de ganhar alguma consistência.

E foi quando nos escapulimos da clínica, e corríamos estrada fora em direcção a Sintra para apanhar o comboio de volta a Lisboa, que, ao vermos um rafeiro sujo a sair de um atalho, uma luz se acendeu ao fundo do túnel.

Nenhuma notícia fizera a menor alusão aos cães dos caçadores. Sim, porque os caçadores tinham de levar cães. Ou não? E quem melhor que os cães para achar a pista dos donos? A menos que também eles tivessem desaparecido. Dava que pensar. Era um ponto a esclarecer imediatamente.

— Está lá? É de casa do senhor Mário Teixeira? — Pausa e o Simão fez que sim com a cabeça. — Boa tarde, minha senhora, peço desculpa de incomodar... O meu nome é Mateus, sou jornalista do *Expresso* e gostava de lhe fazer uma pergunta... Já lhe ligaram hoje do *Expresso*?

E por instantes o meu primo ficou embatucado sem saber o que dizer.

— Inventa qualquer coisa — intervim.

— Mas o quê? — O Simão, tapando o bocal.

— Diz que foi outro que ligou.

— Boa ideia, Baltas! — e destapando o bocal: — Desculpe, minha senhora, houve aqui um problema na ligação... Pois, pois, bem sei, mas isso foi um colega meu que ligou, mas sabe, falta-nos um elemento para fechar a notícia... Como diz?... Não, não. É sobre os cães. Diga-me, eles apareceram? — Calou-se a ouvir. — Pronto, muito obrigado e mais uma vez desculpe. — E desligou.

— Então?

Ele nada, como se nem me tivesse ouvido. Sobrolho franzido, a fazer suspense.

— Fala, Simão — gritou o Baltas. — Os cães!?

— Nada. Nunca apareceram.

— Só nos resta mesmo voltar lá acima.

Penascosa. Sábado. Dez da manhã.

Exactamente uma semana depois de termos visitado a Ribeira de Piscos e a Canada do Inferno.

Ali estávamos nós na companhia do Fred, vestindo a sua invariável t-shirt *I WAS THERE*, batendo o terreno à procura sabe-se lá do quê. Ele tinha ficado deveras impressionado com o desenho do Aurélio Vidal. Igualmente estranhara a presença do barbudo na clínica. Por sua vez, informou-nos que não conseguira descobrir o paradeiro de René Truffaut na região.

Sem dúvida conquistáramos um precioso aliado para a investigação. A polícia abandonara o local dois dias antes sem ter chegado a qualquer conclusão. A mesma sorte nos estaria reservada?

Duma vez por todas, o Zé não estava interessado nesta história. Convencê-lo a voltarmos a Foz Côa fora facílimo. Surpreendente não é? Só que ele veio por outras razões. Andava agora completamente absorvido por uma ideia: preparar uma exposição de pintura inspirada nas gravuras rupestres. Mas, vejam bem, iria usar placas de xisto como telas. Por isso, naquela manhã de sábado, enquanto andámos pela zona da Penascosa com o Fred, esteve ele numa pedreira a escolher as referidas placas. Mas deixemos por ora o Zé e voltemos ao que aqui nos trouxe.

— Só um milagre — comentou o Fred. — Descobrir alguma coisa que a polícia não tenha visto, só mesmo um milagre.

— Sei lá — brincou o Baltas. — Se eles forem como o inspector Fraga e o ajudante Lopes, é canja que vamos descobrir.

— Quem são esses?

— São uns totós que volta e meia se cruzam connosco nas nossas aventuras.

— Segundo me disse a Delfina era por aqui que estavam as pegadas — indicou o Fred.

— Estavam, dizes bem — comentou o Simão.

Nesta zona do rio há uma praia fluvial mais extensa, consequência natural da grande abertura do vale. Como na Ribeira de Piscos e na Canada do Inferno, o leito levava pouca água.

Durante umas três longas horas batemos toda a zona, num raio de um quilómetro na margem direita. Num e noutro lado do gradeamento do Parque não ficou por ver nem um centímetro quadrado. Em vão. Nem a mais pequena pista.

— Não estamos aqui a fazer nada — o Fred baixava os braços.

O desânimo apossara-se de nós. Voltámos ao local de partida, prontos a entrar no UMM e voltar para a vila.

Foi então que ouvi qualquer coisa ali perto.

— Schiu! — fiz.

— O que foi, Raquel? — aproximou-se o meu primo.

— Não ouviram nada?

Fizemos silêncio, apurando o ouvido.

— Parece um gemido — disse o Baltas.

— É um gemido — reforçou o Fred.

ERA AQUI QUE ESTAVAM
AS PEGADAS

Vinha de um ponto mais a montante. Com alguma cautela, dirigimo-nos para lá. O rio faz ali uma curva levemente acentuada para a esquerda. O gemido aumentava de intensidade à medida que nos íamos aproximando. Àquela distância não dava para identificar tratar-se de um animal ou de uma pessoa. Quando demos com ele, encolhido no meio da vegetação rasteira, desatámos a falar todos ao mesmo tempo.

— É um cão!

— Está ferido!

— O pobre animal...

— Não deve comer há uma data de dias.

— Coitadinho.

Na verdade, o cão metia dó. Magro e sujo. Até o Chico tinha uma lágrima no canto do olho. É sempre triste ver assim um animal. Este, um belíssimo perdigueiro castanho, rosnou e levantou-se quando nos aproximámos, naturalmente desconfiado e em postura defensiva. O Fred fez-nos um sinal para não nos chegarmos mais. Deu um passo em direcção ao perdigueiro com a mão estendida. Parecia ter um magnetismo especial, pois o cão deixou de rosnar e voltou a deitar-se, não submisso, mas como se pedisse protecção. O nosso amigo afagou-lhe então o pêlo e o animal retribuiu, lambendo-lhe as mãos.

— Bissau. — O Baltas lia a chapa metálica presa à coleira.

— É um dos cães dos caçadores! — gritou muito excitado o meu primo.

— De certeza que anda por aqui há mais duma semana — assegurou o Fred.

— À procura do dono, aposto — completei.

— É esquisito é a polícia não o ter encontrado.

— Não acho, Baltas, deve ter-se escondido — deduziu o nosso companheiro de aventura.

Estávamos nesta conversa sem saída, quando o Chico deu mais uma vez sinais de grande perspicácia e humanidade. Fora ao jipe buscar um pacote de bolachas para dar ao Bissau. Este não se fez rogado. E devorou-as enquanto arde um fósforo.

Então parecia outro. Ganhou subitamente ânimo. Sentia-se entre amigos de confiança. Por momentos abstraímo-nos do que ali nos trouxera, felizes com a recuperação do perdigueiro.

O Chico, particularmente, encontrara no Bissau um novo amigo. De tal forma que, a dado momento, pegou num pau e lançou-o ao ar. O cão aceitou imediatamente o desafio e correu a apanhá-lo e a trazê-lo ao chimpanzé. Este, voltou a lançar o pau, mas desta vez encheu-se de forças e levou o seu desafio mais longe. Correu até à água e atirou o pau para a outra margem. O Bissau, nada de se fazer rogado. Correu a buscá-lo, atravessando os poucos metros de água que o Côa leva nesta altura do ano.

Ficámos a vê-lo chegar ao outro lado e procurar o pau. Tardava a encontrá-lo. Vimo-lo farejar, andar de um lado para o outro, inquieto. Chamámos por ele.

— Bissau! Bissau! — Mas respondeu-nos somente o eco das nossas vozes.

O faro dele tinha sido desviado certamente para qualquer outra coisa. Quando o vimos embrenhar-se na vegetação, afastando-se da margem, resolvemos segui-lo. Bastou um olhar entre nós para corrermos. A água ali dava-nos um pouco abaixo do joelho, não tivemos, pois, dificuldade alguma em atravessar.

— Bissau! Bissau! — continuámos a chamar.

— Se calhar descobriu o rasto dos caçadores — disse o Baltas.

— Se os cães da polícia andaram daquele lado e não deram por nada... — lembrou o Simão.

— É diferente — disse o Fred. — Sempre é o dono.

Ao pormos o pé na margem oposta ouvimo-lo ladrar, como se nos chamasse. Voltámos a correr. Lá estava ele, estático, o focinho apontado em direcção a um colar caído entre as ervas.

Quando lhe peguei nem quisemos acreditar. Tratava-se do colar do homem pré-histórico desenhado por Aurélio Vidal.

8 Apagados

HomniCod55

Vale do Côa...

Portugal...

Dois caçadores capturam hominídeo
de configuração craniana neander=
talense em tudo semelhante ao
constante no ficheiro HomniCod31...

Em estudo...

Os jornalistas acotovelavam-se na sala de recepção do Parque Arqueológico do Vale do Côa, nesse mesmo sábado por volta das oito da noite. Os flashes dos fotógrafos disparavam sem parar. Estava tudo a postos para receber a anunciada comunicação do Fred. Após a descoberta do colar não mais tínhamos parado. O Fred reunira de imediato com os técnicos do Parque para analisarem e datarem o achado. Mais tarde, por volta das cinco horas, obtidas todas as certezas, convocou-se a comunicação social.

As televisões acabavam de entrar em directo nos serviços noticiosos da noite. Fez-se silêncio na sala a um sinal do arqueólogo.

— Muito boa noite. Agradeço a vossa presença. Esta mesma tarde, eu e estes jovens amigos, fizemos uma descoberta arqueológica verdadeiramente revolucionária.

Ao contrário de nós, o Chico exultava, gesticulando a chamar a atenção das câmaras sobre si. Após breve pausa, o Fred retomou a sua alocução.

— Este colar que achámos na Quinta da Barca — e mostrou-o por fim à curiosidade dos presentes —, feito com dentes de animal e vértebras de peixe, diria tratar-se de um objecto de há mais de quarenta mil anos.

Um bruá, misto de espanto e desconfiança, pairou na sala.

— E no entanto, como podem constatar, apresenta-se em perfeito estado de conservação, ou seja, e para ser mais exacto, direi que o colar não tem mais que uma meia dúzia de anos.

A assistência agitou-se.

— Doutor Mancellos! — interrompeu um repórter. — Onde pretende chegar?

Não muito longe dali alguém assistia atentamente ao que se estava a passar. O plano fechou-se e o rosto do arqueólogo encheu o ecrã do televisor quando respondeu à pergunta do jornalista.

«Onde sempre sonhei chegar. À conclusão de que não é absurdo pensarmos existirem ainda hoje núcleos populacionais de homens pré-históricos.»

«Quer então dizer que andam trogloditas no Vale do Côa?» — ironizou um repórter da TV.

«Trogloditas diz você. Sabe-se lá quem eles são. Eu habituei-me a nunca ter certezas. Ou melhor, hoje tenho uma: algo de fantástico está a acontecer.»

«Mas esse colar não pode ser uma falsificação? Se é novo nada tem a ver com a pré-História» — lançou-lhe outro jornalista.

«Não. Temos a certeza que o colar é feito de incisivos de cabra pirenaica.»

«Pode ser mais explícito?» — insistiu outro.

«Para quem não sabe, devo informar que este animal se extinguiu nesta zona há dez mil anos, durante a última era glaciar.»

A agitação da assistência cresceu de intensidade. Em frente ao televisor, René levantou-se e dirigiu-se ao barbudo.

— Juan, temos de fazerr qualquerr coisa rrápida.

— Apagá-los?

— É melhorr...

E retiraram-se, deixando o aparelho ligado.

— Doutor! — chamou uma jornalista mais observadora.

— Vê alguma relação entre o aparecimento desse colar e o desaparecimento dos caçadores?

Só nós captámos o sorriso enigmático do Fred ao responder.

— Esse tipo de conclusão eu deixaria com a polícia. A nós, e envolveu-nos com um olhar, o que nos importa realçar é que este achado só vem confirmar ainda mais que o Vale do Côa é um dos maiores museus de história natural ao ar livre de todo o mundo. E quantos mistérios mais não poderá ele encerrar?

E desta forma, o Fred deu por finda a conferência de imprensa.

Mal sabíamos as consequências imprevisíveis que ela veio a ter. As televisões, sequiosas de histórias fantásticas, exageraram na forma de dar a notícia. Chegaram mesmo a colocar a hipótese de os caçadores terem sido raptados por homens pré-históricos. Gratuitamente e sem mais explicações.

Os resultados foram imediatos. O terror instalou-se na região e muitas famílias puseram-se em fuga. Em contrapartida, começaram a chegar curiosos dos quatro cantos do país à espera de ver acontecer alguma coisa.

E alguma coisa estava realmente para suceder nessa noite. O quê, eles não sabiam.

Nem nós. Só viemos a sabê-lo bem mais tarde.

Residencial Brasília.

O Zé tinha ido com o João Félix tirar fotografias nocturnas à rocha 4 na Penascosa.

Eu e o Baltas dormimos a sono solto. Suponho que no quarto ao lado o Simão e o Chico fazem o mesmo. Bem como o Fred o fará no seu quarto por cima dos nossos.

Quatro da manhã. O silêncio reina.

Seis vultos negros confundindo-se com a noite saltam o muro da piscina. Movem-se como felinos, com pés de lã. Ágeis e eficazes nos movimentos. Obedecem a uma estratégia previamente estabelecida.

Abrem uma das grandes janelas da varanda que dá para a fileira de quartos do rés-do-chão. Dois deles sobem ao andar de cima. Não fazem o mais ínfimo som enquanto se deslocam. Os outros quatro começam a operar nas fechaduras dos nossos quartos. Abrem-nas sem darmos por nada.

Depois, só me lembro de ter aberto os olhos, ter visto por uma fracção de segundo uma massa escura e informe, ter sentido um cheiro hipnótico a clorofórmio... e nada mais.

— Infelizmente terão de ser apagados.

O general Koll de Sampaio manteve-se imperturbável na sua farda azul da Força Aérea, perante a reacção de fúria do Fred, que se levantou e bateu uma vez mais no tampo da secretária do militar.

— Apagados!?

— Doutor Mancellos, peço que se acalme.

— Como é que quer que eu me acalme depois de sermos raptados e fechados aqui...

— Raptados parece-me uma expressão demasiado forte, dadas as circunstâncias. Apagados é o termo.

— Onde é que estamos? E o que quer dizer com isso de apagados?

— Irão receber uma nova identidade e serão colocados sob nossa protecção, eventualmente noutro país.

— Não podem fazer isso! — levantei-me. — E os nossos pais?

— As regras são claras e concisas. Não podemos pôr em risco a segurança mundial. Quanto aos vossos pais logo resolveremos.

— Então os caçadores também foram apagados — deduziu o Simão.

— Um deles.

— Ah, pois, o outro apagou-se a ele próprio — censurou o Fred.

— Quando o encontrámos já tinha enlouquecido.

— Não tem o direito de nos prender! — gritou o Baltas, interrompendo a conversa.

— A Humanidade não está preparada para saber tudo aquilo que já sabemos.

— Sempre o mesmo velho discurso.

— Acha, doutor? — O general sorriu, complacente. — Mas bastou a sua conferência de imprensa de ontem para causar o pânico entre a população.

— As minhas palavras foram mal interpretadas. A comunicação social deturpou tudo. Reconheço agora que talvez me tivesse precipitado.

— É sempre assim. O senhor devia saber. Os media são incontroláveis. É por isso que não podemos correr riscos desnecessários. E vocês estavam demasiado próximos de saber.

— Próximos de saber o quê? — O Fred falou por todos, subindo a voz, bastante exaltado. — General, eu estou longe de saber o que fazemos aqui! Mais longe estou de saber o que fazem os senhores! Sinto-me responsável por estes menores e não têm o mínimo direito de nos reter aqui dentro!

— Se me deixar falar, doutor, ficarão a saber tudo.

Não nos atrevemos a dizer nada. Confesso que o medo inicial começou a dar lugar à curiosidade.

Através de uma parede envidraçada, o gabinete do general dava para uma extensa sala onde várias pessoas trabalhavam com computadores. Vestiam bata branca exibindo no peito a insígnia Homni.

O general, entretanto, levantara-se para retomar o discurso.

— A Homni, como o nome sugere, é uma organização secreta, multinacional que se dedica ao estudo de todos os fenómenos inexplicáveis relacionados com o Homem. Na Terra e no espaço.

— Estou cada vez mais longe.

— A Homni foi criada a seguir à Segunda Guerra Mundial. Trabalham connosco os melhores entre os melhores. Astrofísicos, químicos, paleontólogos, arqueólogos... Chegámos a pensar em si.

— Começo a entender. Isto é a tal organização fantasma de que se fala na comunidade científica.

— Exactamente, Frred. E como vês é bem real. Nesse momento, René entrara no gabinete.

— Eu logo vi.

— Não viste nada. Nesta matérria ainda estás na prré--histórria.

O elevador ia descendo com exasperante lentidão. Aonde nos levaria? Fred e René continuavam a discutir sobre coisas que nos eram estranhas. E o Chico? Aonde o teriam metido? Nunca mais o víramos desde a noite anterior? No fundo ainda acalentávamos a esperança de que tivesse escapado ao rapto.

— E pode saber-se onde estamos? — A voz do Fred arrancou-me aos meus pensamentos.

— Porrque não? Já que vão serr apagados... Na Quinta da Barrca.

— Mas essa quinta está abandonada — lembrou o Simão.

— Parrece. Constrruímos instalações subterrâneas.

— E isso foi quando?

— Trrês anos, Frred. Foi depois que decifrrámos desenhos da crriança norrueguesa.

— Que desenhos? — ocorreu-me perguntar, lembrando--me do desenho de Aurélio Vidal.

— Esperra. Já vou mostrrarr.

O elevador tinha parado. A porta abriu-se e René fez sinal para sairmos. Encontrávamo-nos agora num laboratório banhado numa luz difusa de cor violeta. A primeira coisa que nos saltou à vista foram as inúmeras radiografias de crânios, tóraxes e membros penduradas em caixilhos de vidro iluminados. Um computador no lado oposto. René accionou-o. Pouco a pouco foi-se construindo um desenho no ecrã. Quando ficou completo, reconhecemos imediatamente.

— O Vale do Côa!

— Agorra é fácil. Demorrámos anos prra decifrrarr o desenho da menina de Oslo.

— E instalaram-se aqui à espera de uma resposta — concluiu o Fred, sem conseguir dissimular alguma ironia.

— E a rresposta chegou. Nestes últimos trrês anos algo aconteceu... — e calou-se momentaneamente. — Tudo culminou quando há dias a um vigilante nosso se lhe deparrarram dois caçadorres que tinham descoberrto...

Calou-se de novo, deixando-nos suspensos da sua narrativa.

— Tinham descoberto o quê? — exclamei, impaciente.

René limitou-se a accionar um controlo-remoto e um painel à nossa frente abriu-se, dando lugar a uma janela de vidro. Aproximámo-nos sob grande tensão. Só nesse momento, o belga me respondeu.

— Ele.

Estava deitado no centro de uma espécie de sala de operações. Tinha os pulsos e os tornozelos presos por argolas metálicas ligadas à cama. Um número interminável de eléctrodos havia sido ligado à sua cabeça, tronco e membros. Alimentado a soro, denotava uma aparência anémica. Ele era um homem praticamente igual a nós. Mesma estatura, pele morena, cabelo liso e comprido, ausência quase total de pêlos no corpo... Mas a caixa craniana e o tórax eram manifestamente mais desenvolvidos, em particular a arcada supraciliar.

Nós os três fomos possuídos pela pena imensa de o ver assim. Quem seria? Donde teria vindo?

Num abrir e fechar de olhos ele fitou-nos. Quereria responder às nossas perguntas? Quisesse ou não, naquele exacto momento sentimos que um laço nos unia.

9 Os Segredos da Homni

— É igualzinho ao desenho do caçador! — exclamou o meu primo.

— Exactamente. Juan bem que desconfiou que vocês forram à clínica de Sintrra.

— O que é que ele tem?

— Não sabemos, Frred. Tem reagido mal a todos os nossos exames.

— Se calhar não os deviam ter feito — afirmei com alguma dureza.

— Grraças aos exames agorra sabemos que tem a constituição genética igual à nossa. Apenas o cérebro e o corração são maiorres.

— Curioso... — reflectiu para si próprio o Fred.

— Como vêem a ciência não pode parrar.

— Que ciência? — atacou o meu primo. — A ciência é capaz do melhor e do pior.

— Parece muito doente — observei.

— De facto. Sentimos que o estamos a perrderr como aconteceu com a outrra.

— Outra?

— Não sabias, Frred? Clarro que não sabias — tentando mostrar-se superior ao seu colega. — É semelhante a este. Foi o ano passado. Acabou porr falecerr muito doente.

— Como é que ela apareceu?

— Um operrárrio da EDP encontrrou ela na zona das obrras.

— Mais um que foi apagado — ironizou o Baltas.

— Teve que serr. Ele e a família tiverram que emigrrar parra a Austrrália.

— Curioso... — cogitou o Fred. — Não me parece nem Homo Erectus nem Neandertal.

— Clarro que não. Estamos convictos que veio doutrro mundo.

— Outro mundo? — exclamámos.

— Outrro planeta. Outrra galáxia.

— Isso é ridículo!

— Não crrês em extraterrestres?

— Sim. Mas não este.

— Porrquê? — René exaltou-se de súbito, como se o Fred o tivesse ofendido.

— Estás a ver um humanóide vindo numa nave doutra galáxia a velocidade superior à da luz, mas de tanga e colar pré-histórico com dentes de cabra dos Pirenéus.

Não escondemos um sorriso trocista. A ironia do Fred fazia todo o sentido. Mas o belga não se deu por vencido.

— Isso não prrova nada. Há anos que investigamos estes casos em todo o mundo.

— Em todo o mundo? — o Fred interrompeu. — Mas há mais casos além destes dois?

— Em 1967, em Timorr, o vosso governno descobrriu um homem como este... E mais alguns casos idênticos disperrsos pelo mundo. — E após uma breve pausa. — Mas o importrante é que concluímos não haverr possibilidade de existirr uma civilização prré-histórrica em todo o nosso planeta. Nem subterrânea nem suboceânica, como tu acrreditas. — E sorriu com desdém.

— Eu acredito em tudo o que desconheço. Essa é a grande diferença que nos separa, René.

Apesar do manifesto antagonismo entre Fred e René, este não deixou de nos fazer visitar mais algumas dependências da Homni. Éramos prisioneiros a quem se concedia uma visita de estudo, como uma última vontade.

As surpresas não tinham ficado por ali. Pouco depois, fez--nos passar ao longo de uma rampa em forma de túnel, do tipo das mangas que dão acesso aos aviões de passageiros. Esta rampa desembocava numa sala oval mergulhada na penumbra.

Parecia que tínhamos entrado num filme de ficção científica. A única luz dentro da sala, vinha directamente das paredes. Era como se à nossa volta houvesse um enorme aquário iluminado. Dentro dele, quatro alvéolos cilíndricos, dentro dos quais pudemos descortinar quatro seres distintos.

— O que é isto? — conseguiu soletrar o Simão, como eu e o Baltas, espavorido perante este cenário.

— Estão criogenizados.

— Estão o quê?

— Estão congelados em azoto líquido a cento e sessenta e nove grraus negativos, parra perrmitirr uma eventual ressurreição no futurro.

— Esta é a mulher encontrada no Côa?

— Sim. E aquele é o homem de Timorr.

— Conseguiu-se comunicar com eles? — O interesse do Fred crescia.

— Nunca. Ainda estamos tentando com o outrro, mas nada.

A nossa atenção estava toda concentrada nestes dois seres. Em tudo, pareciam familiares daquele que víramos na sala de operações.

— E estes?! — exultou o meu irmão, olhando os outros alvéolos. — São verdes!

— São duas crrianças que forram encontrradas em Espanha, aqui perrto da frronteirra.

— Mas estes seres não têm nada a ver com aqueles — observei.

— Parecem vindos do espaço.

— E vierram. São com cerrteza autóctones extrraplane-tárrios que podem terr sido depositados porr um aparrelho interrgaláctico, como cobaias de ensaio de aclimatação na Terra.

— É uma grrande confusão — interveio o Baltas, irreverente na imitação da pronúncia do belga. — Mas tou a grra-marr.

Ficámos banzados com o descaramento. René, felizmente, não tinha percebido e passou a contar a história deveras fascinante das crianças verdes, tal como constava dos ficheiros Homni.

Em 1995, uns camponeses faziam a sesta no campo, quando ouviram chorar perto deles. Eram duas crianças de pele verde, de tipo um pouco negróide e olhos rasgados. Os pequenos e estranhos seres fugiram aos gritos, mas foram prontamente apanhados e entregues às autoridades.

Não há memória de terem conseguido comunicar com eles.

Apenas aceitavam a água que lhes deram a beber, recusando-se a comer o que quer que fosse. Morreram pouco tempo depois, tendo os corpos transitado para este centro Homni.

Custou-nos a acreditar nesta história fantástica. Naturalmente, nem o Fred nem nós vimos alguma relação entre as crianças verdes e os restantes seres que ali se encontravam. Nem a própria Homni tinha uma resposta credível para todos estes fenómenos.

Para ser mais precisa, esta organização estava a anos-luz da verdade. Como vocês verão mais adiante... Mas não nos adiantemos no tempo.

Fomos então fechados num quarto confortável, mas austero. Ao estilo militar, embora moderno, mobiliário metálico e frio.

Segundo foramos informados pelo general Koll de Sampaio, aguardávamos transporte para destino desconhecido.

Tinham-nos servido uma refeição ligeira, como nas viagens de avião. Naquela altura, nenhum de nós pôde precisar se correspondia ao pequeno-almoço, almoço ou jantar. Perdera-se a noção do tempo. Fechados num subterrâneo, sem os nossos relógios, só com luz artificial e ar condicionado, começámos a sentir-nos fora do nosso meio ambiente.

De tal forma estávamos absorvidos pelos nossos pensamentos, que não demos por um vulgar aparelho de televisão, se bem que de dimensões reduzidas. Foi o Baltas — quem mais podia ser? — quem o viu.

— Não acredito! — exclamou.

— Liga!— ordenei. — Ao menos ficamos ligados ao mundo.

— Virtualmente falando, claro — ouvi o meu primo dizer, descendo à realidade.

A realidade é sempre imprevisível. Dentro do televisor surgiu o mundo exterior. Num rapidíssimo *zapping*, percebemos que os quatro canais, em directo permanente de Foz Côa, só falavam de nós, do nosso desaparecimento. Na zona acentuara-se o estado de pânico. Os apelos que eram lançados à população não surtiam o menor efeito. As pessoas quase sempre só acreditam no que querem, e continuavam a debandar. Ao invés, os forasteiros alucinados chegavam em bandos, esperançados de ver nem sabiam bem o quê.

Num dos canais, apanhámos a meio uma declaração do Zé Cateto à porta da residencial.

«... a culpa é minha. Não os devia ter deixado sozinhos ontem à noite...»

«E os pais dos jovens, já falou com eles?»

«Logo que soube do desaparecimento. Devem estar a chegar a Foz Côa.»

Enganava-se. Soube mais tarde, que a essa mesma hora, estavam presos num monumental engarrafamento à saída de Viseu. Apesar de todos os esforços a GNR não conseguia estancar o enorme afluxo de trânsito provocado pelas notícias.

— Desliga isso! — exclamou o Simão. — Não quero ver mais.

— Nem eu! — Senti uma impotência total. — E agora? O que é que fazemos?

— Penso que não podemos fazer grande coisa.

— Isso não é pra nós, Fred — ripostou o Baltas, contrariando a onda de desânimo que se instalara no quarto. — Já passámos por bem pior.

E o imprevisto aconteceu: a grelha da conduta de ar saltou, caindo aos nossos pés.

— Chico!!! — exclamámos a quatro vozes.

O Chico não cabia em si de excitação. Gesticulava a todo
o gás. Parecia um filme de animação em movimento ace-
lerado. Dizia-nos ele que se tinha escondido no guarda-
-vestidos no momento do rapto e que depois se tinha
encavalitado no tejadilho da carrinha dos raptores.

— Este Chico é super! — elogiou o Fred, incrédulo.

— Qual é a dúvida!? — rematou o Baltas. — Por isso é
que ele é dos nossos.

Nem deu tempo de um fósforo arder e já íamos de gatas
atrás do Chico, em fila indiana pela conduta de ar, tentando
não fazer o menor ruído que fosse. Só ele sabia o caminho
de volta. O Fred estava atónito. Nem queiram saber. Com
um pedaço de xisto, o nosso amigo chimpanzé tinha desenhado setas a marcar o percurso. Agora era só uma questão
de tempo.

— Esperem — sussurrei a dada altura.

Eu vinha no fim da fila e parara a espreitar por outra grelha de ventilação. Era a sala onde *ele* se encontrava.

— O que foi? — murmurou o Fred, parando juntamen-
te com os outros.

— É ele — apontei. — Não o podemos deixar aqui.
Vamos aproveitar, está sozinho.

—Voltamos depois — contrariou o Fred. — E se aparece alguém?

—Temos de arriscar — teimei.

— E se ele reage com violência?

— Tenho a certeza que não, Fred — assegurei.

— Não o podemos deixar morrer — apelou o meu primo.

— É melhor não — travou-nos o Fred, mas senti que hesitava.

— Quem é que fica comigo? — disse eu sem lhe ligar a mínima.

— Eu! — O Simão e o Baltas prontificaram-se sem hesitar. O Fred não teve outro remédio.

— Pronto, vamos buscá-lo.

O Chico nem precisou de instruções. Tratou de soltar a grelha com perícia de mestre.

Lá estava como o víramos da primeira vez. Abriu os olhos quando o Simão e o Fred desceram com todo o cuidado para não fazer barulho. Eu, o Baltas e o Chico, expectantes, na conduta de ar. Pelo olhar que ele nos lançou, pude ler sinais de confiança.

Sem perda de tempo, soltaram-no. Debilitado e ferido numa perna teve de se amparar aos dois para conseguir levantar-se. Depois ajudaram-no a subir a uma cadeira para chegar à conduta. Pelo nosso lado, tentámos puxá-lo para cima, mas não conseguimos. Pesava muito. Felizmente, ainda lhe sobraram forças para se erguer a pulso. E, no entanto era nítido que estava bastante doente. Mal entrou na conduta, pareceu desfalecer e ficou deitado, respirando com dificuldade. Chegámos a temer o pior.

O Fred juntou-se a nós logo de seguida.

— O Simão? — reparei que o meu primo não tinha subido ainda.

Que admiração. Como é que eu não vi logo. Havia um computador na sala. Chamámos por ele baixinho. Ele nem respondeu. Metia agora um disco na *drive* do CD-Rom e operava freneticamente no teclado.

A tensão subiu quando o olho de Baltas detectou um minúsculo monitor de segurança sobre a porta de entrada. Alguém de bata branca caminhava pelo corredor de acesso à sala. O meu primo continuava a operar o computador que nem um louco.

Vimos o sujeito parar junto à porta, tirar um cartão de identificação digital do bolso da bata. Uma vez mais chamámos o Simão e uma vez mais fez orelhas moucas. Definitivamente tinha enlouquecido.

O Fred estava num desespero. Vi-lhe um pingo de suor escorrer da testa. Foi no exacto momento em que o indivíduo se preparava para passar o cartão pela ranhura da porta. E uma vez mais, a sorte protegeu os audazes. O sujeito retrocedeu. Das duas uma: ou se esquecera de alguma coisa ou tivera uma súbita vontade de ir à casa de banho.

— És parvo?— repreendi o meu primo quando finalmente subiu para a conduta. — Ias deitando tudo a perder.

— Esquece — respondeu-me com uma lata descomunal.

— Estamos a perder tempo.

Apeteceu-me esganá-lo, mas deixei-o para mais tarde.

E continuámos a rastejar penosamente atrás do Chico. *Ele* movimentava-se com grande dificuldade. Sempre fechado no mesmo silêncio.

Após metros e metros de caminhada claustrofóbica, o Chico parou. Voltou a retirar uma grelha metálica da conduta. Espreitou, fez sinal para que esperássemos. Saiu para o exterior.

Confiantes, esperámos. Passaram uns trinta segundos e nada. Mais trinta e começaram a ouvir-se gritos de socorro. O que estaria a acontecer agora? A medo, espreitámos. Um homem em fato-macaco de ganga azul, rolava pelo chão com dois pneus a prenderem--lhe os braços e as pernas. Só visto. As coisas que o Chico se lembra de fazer.

Em menos de um fósforo, saímos da conduta e vimo-nos num grande hangar subterrâneo a céu aberto. Duas carrinhas e um helicóptero. E o mecânico não se calava. A qualquer momento podia chegar mais alguém.

Eu e o Fred já não aguentávamos com o peso dele apoiado nos nossos ombros. Tudo isto agravado pelo alarme que disparou subitamente.

— Depressa, p'ra uma carrinha! — gritou o Fred.

— De carrinha não vamos lá — contrariou o Baltas, desconcertante.

— Não estás a pensar no mesmo que eu?...

— Ai estou, estou, Simão.

Havia qualquer coisa nesta conversa que não me agradava nada.

— No que é que vocês estão a pensar?

Eu já desconfiava...

10
Pânico no Ar

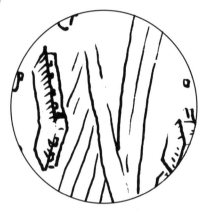

— Cuidado, Simão!

— Baltas, não me atrapalhes!

— Tás a perder altitude.

— Calma.

— Olha esse monte à direita!

— OK, Baltas.

— Olha essa capela à esquerda!

— Bem visto, co-piloto.

— Olho de Baltas não falha.

Onde é que já se viu esta cena? Exactamente, no capítulo dois. Com uma pequena grande diferença: agora não se tratava de simulação, era a sério. De novo, a realidade era cópia da ficção.

O Simão teimara que havia de ser capaz, o Baltas garantiu que sim, que havia de ser. E ninguém teve argumentos para os convencer do contrário. Também não havia outra saída. Nenhuma das duas carrinhas tinha as chaves na ignição. E o estado de saúde precária do nosso companheiro de fuga exigia que não se perdesse tempo.

Acabáramos há pouco de fazer uma razia à capela do Arcanjo São Gabriel. Valeu-nos o santo. O Chico até se benzeu.

O Baltas e o Simão na maior. Nós, atrás, apavorados. Até aí, como podem calcular, não fora propriamente um voo pacífico. Antes que o "piloto" conseguisse estabilizar minimamente o aparelho, vivemos algumas aterradoras acrobacias. E quanto mais o helicóptero andava para a frente, mais eu via a minha vida a andar para trás.

— Foz Côa à vista! — exultou o meu irmão, por fim, tranquilizando-nos um tudo nada.

— OK. — respondeu o Simão. — Estou a ver.

— Onde é que vamos aterrar? — lembrei.

— Isso é que é pior...

— Pior, Simão?

— Nada, nada — respondeu-me o improvisado piloto, disfarçando mal a sua insegurança. — É que... Não sei... Qual será o melhor sítio?

— No largo Dr. Artur de Aguilar.

Olhámos com cara de parvos para o Fred. Aquilo só podia ser piada.

— Tás maluco, Fred?! Como é que eu vejo os nomes das ruas aqui de cima?

— Eu indico. É mesmo ao pé da sede do Parque, no topo da Avenida Gago Coutinho e Sacadura Cabral.

— Calha bem. Dois ases do ar como nós — ouvimos o meu irmão dizer.

— Não!

Fitaram-me, perplexos.

«Não porquê?», pude ler nos seus rostos.

Eu tinha gritado sem saber bem por que razão. Era outra voz que falava por mim. A meu lado, *ele* parecia ter adormecido. Comecei a sentir que alguma coisa se apossava da minha mente. Como se *ele* estivesse a querer dizer-me alguma coisa sem o dizer de facto.

— O que foi, Raquel?

— Não podemos ir para Foz Côa — repeti o que *ele* me comunicava.

— Porquê? — O Fred estava intrigado.

— Ele está a dizer-me...

— Ele?

— Sim, Simão. Deve ser telepatia. Eu oiço-o dentro da minha cabeça como se ele estivesse a falar mesmo.

Ele fez um ligeiro aceno com a cabeça e esboçou um sorriso.

— Ele está a dizer-me que lhe custa falar.

— Então pra onde é que vamos?

— Os túneis.

— Eu bem dizia! — exclamou o Simão. — Há alguma coisa naqueles túneis. Mudança de rumo!

— É na direcção daquela pedreira! — O "co-piloto" apontava, tão excitado quanto o "piloto".

Nova guinada, nova pirueta, nova revolução no meu estômago. Felizmente, já se viam, a uns duzentos metros, o teleférico, e os silos na outra margem, o que me acalmou um pouco.

Foi sol de pouca dura. O heli engasgou-se e começou a perder altitude.

— Atenção! — avisou o Baltas. — Falha de combustível!

— Temos de aterrar — implorou o Fred, tremendo-lhe a voz. — Faz qualquer coisa, Simão!

— Aterrar? Aterrado estou eu!

— Tudo o que sobe tem de descer.

— Pois, Baltas, mas tu sabes, o meu calcanhar de Aquiles é a aterragem. — Perdera a autoconfiança.

Instalou-se o pânico no interior do aparelho.

— Aterra! Rápido ou entramos em queda livre!

O Baltas tomara conta da ocorrência. Os seus gritos foram o bastante para dar um safanão na letargia do primo. Este, num autêntico golpe de teatro, apelando a toda a sua coragem, agarrou-se aos comandos e gritou.

— Agarrem-se!

Acreditem ou não, o que é certo é que, entre safanões e gargarejos do helicóptero, o meu primo lá conseguiu aterrar numa clareira, salvando-nos a vida.

Agora tínhamos nós de salvar a vida do nosso misterioso passageiro. E eu sentia na minha cabeça que *ele* se estava a apagar aos poucos. Insistiu comigo para que chegássemos quanto antes aos túneis. Mas como, se estávamos do outro lado do vale? Descê-lo a pé e atravessar o rio poderia ser fatal para *ele*.

E foi a mim, a mim, que sou vítima de vertigens, que ocorreu. O teleférico. Não havia que hesitar.

Mas o teleférico como?

Como é que aquilo funciona?

Se funcionar.

E depois não tem propriamente ar de se destinar ao transporte de pessoas.

Eram os pensamentos que me assaltavam à vista do aparelho lá no alto. Os outros devem ter pensado o mesmo. O desespero voltou a apossar-se de nós. Ao chegarmos à vedação de arame que delimita o vale, transmiti-lhes a minha apreensão. Eu sentia que a *ele* não restava muito tempo de vida. E não só o sentia. *Ele* dizia-mo. Mas de uma forma branda, como se o aceitasse sem qualquer rancor. Não como uma fatalidade, mas como algo de natural.

Já nós, não admitíamos aceitar tal facto. Tudo devia ser feito para lhe salvar a vida. Era uma diferença entre nós, mas que nos uniu. E embora não soubéssemos para onde ele nos encaminhava, confiávamos na sua vontade. Tan-

to mais que ao perguntar-lhe para onde íamos, apenas o ouvi dizer, enigmático, dentro do meu cérebro: «para o meu mundo».

A ideia foi do Simão, depois de ter subido até ao terminal do teleférico a ver como é que tudo funcionava e ter voltado muito animado. Tínhamos que confiar nele de novo. Foi assim: metemo-nos todos numa das plataformas, enquanto o Chico, no terminal, accionou o teleférico. Este deslocou-se lentamente sobre a garganta do vale. A altura devia dar vertigens, a nossa posição era instável. Noutras condições até seria possivel admirar o espectáculo da travessia. Assim, não. Não sei o que os outros viram nela. Eu, pura e simplesmente, fechei os olhos.

Só voltei a abri-los quando o teleférico se deteve, numa chiadeira de cabos e roldanas enferrujados, na vertical de uma das bocas do túnel. Agora a ideia era descermos num grande balde metálico que havia sob a plataforma, mesmo por debaixo dos nossos pés. Entretanto, o Chico deslizava ao nosso encontro a uma velocidade maluca. Vinha em arriscado *rapel* pelo cabo de aço segurando-se ao cinto do meu primo.

Levámos todos as mãos à cabeça. Excepto o Simão que se agarrou às calças.

A descida no balde foi bem menos aparatosa. Era segura e, contudo, lenta, demasiado lenta. Suspirei de alívio ao voltar a pôr os pés em terra firme. A bocarra escura do túnel escancarada à nossa frente. *Ele* deixara de comunicar comigo. Com todo o cuidado, deitámo-lo num pequeno monte de areia a recuperar forças. Estava vivo ainda, o seu coração continuava a bater, embora com menor intensidade.

— O que é que fazemos agora? — hesitou o Simão, esperando uma resposta minha.

Mas eu não sabia que responder. *Ele* olhou para mim. Senti a comunicação voltar. A voz dele fraquejava. Mesmo assim transmitiu-me que tínhamos de entrar, o mundo dele era do outro lado.

— Outro lado? — estranhou o Fred. — Que outro lado?

— Ele está a dizer-me pra termos confiança.

— Mas que outro lado? Não há nada aí dentro. Foi a EDP que fez o túnel. Se houvesse alguma coisa tinham encontrado.

— Chegámos até aqui, não vamos voltar pra trás.

— Apoiado, Simão — sublinhou o Baltas.

—Vá, coragem! — incitei. — Juntem as mãos.

Não o fazíamos há muito. Fez-nos bem voltar a fazê-lo, deu-nos alento. Quando as nossas mãos se uniram senti uma vibração comum. O Fred, parece tê-la sentido também, pois juntou a sua mão às nossas.

Então, sintonizados na mesma onda, jurámos em uníssono.

— Um por todos e todos por ele!

11
Mundos Paralelos

Escuridão total.

Cinquenta metros andados no interior labiríntico do túnel, e não se via mais nada. Também *ele* ganhou novo alento. Mandou que déssemos as mãos e nos colocássemos em fila indiana. Depois iniciou-se a caminhada, com *ele* à frente dando-me a mão, através do escuro. A partir daí, perdeu-se por completo a noção da distância e da profundidade. Sem qualquer referência que nos ajudasse na orientação, só nos restou segui-lo. O Baltas apertou a minha mão com força, mas eu nem o senti. Ninguém disse o que quer que fosse durante a caminhada no escuro. Só o arrastar pesado dos nossos passos ficava a ecoar.

De repente, sem saber porquê, e não me perguntem como, senti-me flutuar, como se caminhasse em levitação. Aos outros aconteceu o mesmo, pois ouvi-os, um a um, soltarem, como eu soltara, uma exclamação surda de espanto e susto. Instintivamente, tentei tactear o solo. Levara sumiço. E no entanto a caminhada continuou firme e segura.

Quanto tempo durou tudo isto não me lembro. Lembro-me, sim, que a dado momento, ao fundo da escuridão, vindo do nada, um ponto luminoso foi crescendo, crescendo... Como um sol ofuscante. À medida que se aproximava de nós — ou seríamos nós que nos aproximávamos dele? — tornou-se tão brilhante que nos obrigou a fechar os olhos.

Depois foi um espanto doce.

Ao abri-los, vimo-nos noutro mundo. Havia um bosque de árvores altas e frondosas. Um imenso lago de águas claras e reluzentes. Muito ao longe erguia-se uma montanha cujos picos mais altos se encontravam cobertos de neve. Ali onde estávamos, o clima era ameno. Uma pequena comunidade rodeou-nos amistosamente. Duas mulheres destacaram-se do grupo e cuidaram do nosso companheiro, seu semelhante.

— Nobi — pareceu-me ouvi-las dizer, enquanto afagavam o amigo.

Estaria a sonhar? Belisquei-me. Não estava.

— Não tenham medo — disse-nos uma criança, avançando até nós. — Sejam bemvindos. — Usava tanga de pele e enfeitava-se com colares e pulseiras.

— Onde é que estamos?

— Quem és tu?

Atropelávamo-nos em perguntas, ávidos de entender o que nos acontecia.

— Vak é o meu nome. E vocês vieram dar a um mundo paralelo ao vosso.

— Mundo paralelo?!... — exclamámos.

— Vocês entraram noutra dimensão.

— Já sei! — olharam todos quando o meu irmão gritou.
— Isto é como a Alice no País das Maravilhas.

— Alice? O que é? — Agora era a vez de Vak se espantar.

— É um livro que conta a história de uma rapariga que entra na toca de um coelho e aparece noutro mundo.

— Interessante — assentiu Vak.

Não me pareceu naquele momento uma explicação muito sólida. E logo em seguida, recordei o longo serão de conversa na residencial. O Fred falara qualquer coisa sobre as três dimensões em que vivemos, e que para além delas tudo se desconhece...

Imaginem então o que quiserem. A nossa imaginação é, de certa forma, um universo paralelo onde tudo pode acontecer. Como no sonho de Alice que o Baltas lembrou.

— Como é que falas português? — perguntou-lhe o Fred, arrancando-me às minhas divagações.

— Temos o dom das línguas — respondeu-lhe Vak.

— O dom das línguas? — O Baltas, tal como nós, estava deslumbrado.

— Há muito que a comunicação deixou de ter barreiras para nós. Em qualquer língua que falemos os outros entendem sempre.

— Por isso é que o vosso amigo falou por telepatia com a Raquel — disse o Fred.

— Sim, o Nobi. Foi procurar a sua mulher Dana, que se tinha perdido no vosso mundo.

Não conseguimos esconder uma expressão de tristeza. A mulher criogenizada na Homni, era sem dúvida Dana. Nenhum de nós se referiu a esse facto.

— E vocês são muitos? — perguntei.

— Aqui somos oitenta.

— Aqui? — estranhou o Fred. — O que queres dizer com isso?

— Há outros núcleos como este, espalhados por vários pontos da Terra, sempre neste mundo paralelo ao vosso.

— E tu és o chefe do teu povo? — perguntei.

— Sou apenas um dos mais novos depositários dos saberes dos mais velhos que vão partindo.

— Isto é tudo um bocado confuso — exclamou o Simão.
— Mas vocês passam de um mundo para o outro quando querem?

— É mais ou menos isso.

— Parece mágico — observou o meu irmão.

— Mágico, espiritual... — disse Vak como se meditasse nas suas próprias palavras. — Há mistérios que nunca desvendaremos.

Como tivéssemos ficado emudecidos num turbilhão de pensamentos, ele continuou.

—Vocês acabam de ser eleitos: passaram da escuridão à luz.

Após meditarmos naquelas palavras filosóficas, entendemos não ter mais nada a acrescentar. E Vak falou ainda.

— Em tempos idos, a nossa civilização teve a percepção que não devia caminhar na direcção em que vocês caminhavam.

— Quando é que isso foi? — O Baltas estava em pulgas. Vak sorriu.

— Um dia são mil anos, mil anos são um dia... O tempo não conta para nós — proferiu.

— Então o que é que conta para vocês? — Eu estava simultaneamente encantada e intrigada. Apesar de querer saber tudo, eu pressentia já que isso não iria acontecer.

—Viver os nossos símbolos. O amor, a criatividade... — ouvi-o responder-me.

— Isso é como nós! — Simão interrompeu.

— Sim, mas a vossa humanidade seguiu um caminho errado. Levou o progresso a um estado admirável, mas está em risco de desaparecer.

— Referes-te às guerras? — deduziu o Simão, tentando ordenar as nossas ideias.

— Às guerras e ao lixo... Para nós, ser é mais importante que ter. Os nossos bens são comuns. Não por serem de todos, mas porque cada um de nós sabe que quando se serve de alguma coisa, o faz por saber que não faz falta ao outro.

— Mas o vosso mundo também não é perfeito — atalhou o Fred. — Tecnicamente falando, vocês vivem como se estivessem na nossa pré-História.

— Estamos longe da perfeição.

— O ideal — teorizou o meu primo — era se os dois mundos se misturassem.

— Era... — concordou Vak. — Mas a interpenetração dos nossos mundos seria fatal para ambos. Se tudo vier a acabar do vosso lado, nós vamos ser a reserva espiritual do homem.

— Acho que estou a perceber — concluí —, se nós falharmos, sempre fica alguém para começar de novo.

Apesar de tudo, é sempre bom voltar a casa.

Estamos de volta ao nosso mundo aparentemente imutável. O Côa ainda corre para o Douro. O Sol continua escaldante. A Terra não deixou de girar à volta dele.

Vak ajudara-nos no caminho de volta. Guiou-nos até uma gruta. Tal como no túnel, de novo a escuridão total. Depois a luz intensa.

Todos gostaríamos de ter permanecido por algum tempo mais no mundo de Vak. Por outro lado não poderíamos continuar fora do nosso. Os nossos pais, o Zé, toda a gente andava à nossa procura.

Não houve despedidas. O regresso tornou-se inevitável. Aquele não era o nosso mundo. Como o nosso não foi o de Dana e Nobi. A missão que tínhamos agarrado fora cumprida.

Resta-nos agora a grande incógnita: quanto tempo faltará ainda para que os dois mundos estejam preparados para se interpenetrar sem desaparecer?

«Um dia são mil anos, mil anos são um dia», nunca esqueceremos as palavras de Vak.

Uma hora depois de termos saído do túnel, caminhávamos em silêncio pela estrada alcatroada em direcção a Vila Nova de Foz Côa.

O Chico corria à nossa frente como se nada se tivesse passado. Teria percebido o que tínhamos acabado de viver? Mesmo sendo, geneticamente, noventa e nove por cento igual a nós? Nós próprios, ainda hoje, nos interrogamos se alguma vez vamos saber explicar o que nos aconteceu. E talvez o que importe não seja explicar, mas sim pensar.

— Mas há uma coisa que não me sai da cabeça... — disse o Fred, inesperadamente, cortando a nossa reflexão, já o vale ficara para trás.

— Ainda estás no outro mundo.

— Não, Baltas. Tenho vindo a pensar na quantidade de segredos que a Homni não esconderá nos seus ficheiros.

— Pois é — anuí. — Se calhar há lá muita coisa que podia ser útil às tuas investigações.

— Quem me dera lá voltar — sonhou o nosso amigo.

— A esta hora já René, general e companhia se "auto--apagaram".

— Tens razão, Baltas, eles não correm riscos.

— Podes crer — juntou-se o Simão. — Já mudaram de poiso.

— É uma pena... — lamentou o Fred. — Eles estão erra-
dos em tanta coisa. Mas tudo o mais, bem aplicado, quem
sabe poderia ser... — e voltou a mergulhar na meditação.

— Nem tudo está perdido — disse o meu primo, enigmático, tirando algo do bolso. — Toma, Fred.

— Que CD é este, Simão?

— Os ficheiros secretos da Homni.

CLUBE OS SUPER 4

Vem aí o CLUBE OS SUPER 4!
Foi pensado a pensar em vocês, leitores e futuros membros do Clube. Já temos muitas ideias sobre o que o Clube poderá fazer. Mas, apesar de muitas, as nossas ideias são sempre poucas antes de sabermos as vossas próprias ideias. Escrevam-nos. Enviem-nos sugestões que achem interessantes.

Enquanto esperamos a vossa correspondência, vamos seguindo de perto as mirabolantes aventuras de Os Super 4.

Vem aí o CLUBE OS SUPER 4!

A sua morada é:
CLUBE OS SUPER 4
Apartado 13119
1019 LISBOA